满愿

米泽穗信精选集

〔日〕米泽穗信 著

王皎娇 译

人民文学出版社
PEOPLE'S LITERATURE PUBLISHING HOUSE

著作权合同登记号　图字 01-2019-1255

Original Japanese title：MANGAN

Copyright © 2014 Honobu Yonezawa

Original Japanese edition published by SHINCHOSHA Publishing Co.，Ltd.

Simplified Chinese translation rights arranged with SHINCHOSHA Publishing Co.，Ltd.

through The English Agency（Japan）Ltd.

图书在版编目(CIP)数据

满愿/(日)米泽穗信著；王皎娇译. —北京：
人民文学出版社，2020(2023.5 重印)
(米泽穗信精选集)
ISBN 978-7-02-015308-4

Ⅰ．①满…　Ⅱ．①米…　②王…　Ⅲ．①短篇小说-小
说集-日本-现代　Ⅳ．①I313.45

中国版本图书馆 CIP 数据核字(2019)第 115613 号

责任编辑　李　娜　周　洁
装帧设计　钱　珺

出版发行　人民文学出版社
社　　址　北京市朝内大街 166 号
邮政编码　100705

印　　刷　山东临沂新华印刷物流集团有限责任公司
经　　销　全国新华书店等

开　　本　850 毫米×1168 毫米　1/32
印　　张　9.625
字　　数　163 千字
版　　次　2020 年 1 月北京第 1 版
印　　次　2023 年 5 月第 4 次印刷

书　　号　978-7-02-015308-4
定　　价　65.00 元

如有印装质量问题,请与本社图书销售中心调换。电话:010 - 65233595

目录

夜　警

一

"葬礼的照片印出来了。"

新下属这么说着，将一只褐色信封放在了桌上。他应该是有些避讳此事的。说实话我根本就不想看，而且不用看，葬礼的情形也清晰地印刻在我的脑海之中。那个场合的色调、气味，以及晚秋的寒风都令我记忆犹新。

川藤浩志巡警为完成任务而英勇殉职，特升二级，追授为警部补。

虽然这家伙和我性格不合，但不上照这点好像和我一样，祭坛中央挂着的遗像里的他显得不太高兴。局长与总部长致的悼词——要褒奖一个没怎么交谈过的人应该很难吧。悼词中川藤警部补的形象与现实大相径庭，这么伟大的警察才不会那样死去呢，我正为此气愤着，恰巧轮到我上香与献花了。见我上前，别人对我的冷言冷语又四散开了。

那个家伙的遗族好像认识我。我发现有个皮肤晒得有点黑的男人疑惑地看着我，但我不想像说相声一样说那个家伙的故事，待出殡后我便离开了殡仪馆。由于是警察的葬礼,现场混入了不少新闻记者与摄像机。虽然不是我一手操办的,但我倒是可以为这场闹剧葬礼道个歉。

从打开的窗户中可以看到一如既往的 60 号国道。前一阵子这里在修路,修完后,往常的风景便回来了。今天一天将会有多少人经过这条马路?他们绝不会发现马路边的这个值班岗亭里死了一名巡警吧——这是理所当然的,我这个当了二十年警察的男人不该现在才感慨。可是今天,不知为何,我为此大动肝火。这种日子里我特别憎恨禁烟的岗亭。如今桌子上只摆着地图、文件和电话,烟灰缸早就没了!现在还多了一只褐色的信封。

川藤的死,是这样被报道的:

　　　　十一月五日晚间十一点四十九分,市区的一名四十多岁女性报警称自己遭到丈夫田原胜(五十一岁)的攻击。赶赴现场的三名警察试图说服他,不料田原胜手持匕首(刀身长三十厘米)刺向警察,川藤巡警(二十三岁)向其开枪,合计五发,命中其胸部与腹部,田原当场死亡。川藤巡警被刺伤送至医院,于六日凌晨零点二十九分抢救无效死亡。警局认为"本次事件中手枪的使用是合理合法的"。

一开始，社会上对于如何理解这则新闻好像充满了困惑。是新人巡警无法压制罪犯而将其枪杀的丑闻，还是勇敢的巡警不惜牺牲自己的性命制裁凶恶的罪犯？随着时间的流逝，田原的恶评与川藤的人品渐渐广为人知，舆论开始偏向第二种报道。虽然葬礼上的悼词是一派胡言，但这是为了维护川藤的名誉。防弹衣性能差、行动初期不够重视等，社会上对于警察的批判此起彼伏。不过至少，对于"开枪"一事的责难声越来越小。

川藤警部补……大人？

听起来好像是个劣质的笑话。下属就在一旁，于是我小声重复着。

那个家伙终究不是块当警察的料。

二

从警察学校毕业后，川藤的第一个工作岗位就在我们这个"绿1"值班岗亭。

"柳冈巡查部长，我来报到了，我叫川藤浩志！"

从他在警察局向我说第一句话开始，我就不喜欢他。因为声音太尖，太娘娘腔了。每个人第一天上班都会紧张，可没人像他那么紧张。看他脖子挺粗的，应该锻炼得挺勤快，可总让人觉得他孱弱，可能是身形偏瘦的缘故吧。

“叫我亭长就行。”

“好的，亭长！”

声音更尖了。

岗亭实行三人为一组的三班倒制度，原则上是由课长安排八个下属谁与谁一组，不过基本上是由我这个亭长决定的。

课长提出让川藤与我一组的时候，我没有反对。虽然下属中也有能够带新人的老警察，不过我想把川藤安排在自己的视野范围之内。作为弥补……也不算是弥补吧，第三个人我安排了一个知根知底的人——比我小两届的梶井。梶井非常胖，处理文件速度慢，不过人很好。他受理的投诉事件一般都能完美平息，对岗亭而言是非常难得的人才。让他和不招人喜欢的我、川藤一组，最合适不过了。

我翻开川藤在岗亭第一天上班时的工作日志：上午发生了汽车与自行车的碰擦事故，中午接到乱停车的投诉，傍晚收到两起偷盗自行车的报案，晚上小酒馆发生纠纷。报告书与日志都是我让川藤写的，虽然他圆润的字体令我反感，但写得还算不错。

“怎么样？”川藤问。

我回答不安的川藤：“还不错，第一次写成这样算好的了。”

他一听，立马笑容满面。真是个坦率的男人。

待值完班、完成交接，回到局里时已经是第二天上午十点多了。接下去只要将佩枪放进保险库、换好衣服，就能回家睡觉了。回家之前得先抽一支烟，于是我走向吸烟室，发现梶井已经在那儿了。

梶井收了收下巴算是向我打了招呼，我也点了点头，给自己点上烟。第一口烟，像是叹息一般被长长地吐了出来。

"装备科的人真是提心吊胆的。"

我向梶井搭话，他苦笑了一下。

"那也没办法呀。"

刚才去还佩枪和子弹的时候，又被教训了一顿，让我们千万得小心佩枪。这么说是有原因的，最近在市中心的车站厕所内发现了警察遗忘的佩枪，这种事情几年里总会发生一次。每次发生此类事件，我们就不得不接受"加强管理"的教育，耳朵都听出老茧了。

"城门失火，殃及池鱼啊。真受不了。"

我以为这样就算闲聊结束了，没想到梶井只是把香烟夹在指尖，没有要抽完的意思。我明白他一定还有什么想说的话，于是问道：

"怎么了？"

"没什么，只是突然想到……"

"说吧。"

梶井看向自己指尖飘起的青烟。

"川藤这家伙可能不行吧？"

"是吗？"

"嗯。"

"理由呢？"

虽然这么问，但其实我没有期待答案。因为我自己也感觉川藤很危险，只是无法用言语表达。不过梶井却说："在'小百合'的纠纷现场……"

接到小酒馆"小百合"的电话，是晚上十一点三十一分的时候。不是通过110报警电话，而是直接打到岗亭的。据说两名男性客人发生了口角，一名抢起了威士忌酒瓶。

"小百合"的顾客层次并没问题。它开在国道旁，没有停车场。顾客一般都是住在附近闲逛而来的。这家店以前一定也发生过一些纠纷，不过接到报警电话是第一次。它距离岗亭不到五十米，我们赶过去之后发现，两名五十多岁的男性确实正扭打在一起。

一名正口齿不清地威胁恐吓，另一名则不断重复着："你敢，你敢！"看样子两个人都不经常吵架，应该是原本打算小酌一杯，结果不小心喝多了才冲昏了头脑。电话中所说的威士忌酒瓶躺在地毯上，两名当事人均未负伤，一看就知道，没必要把这种小事当成案件来处理。

梶井上前告知自己是警察，两名男性立马安静了下来。看来他们不至于喝得酩酊大醉。之后由我唱白脸进行了一番教育，梶井则唱红脸，最后威胁道："如果还有下次就抓你们进去！"过程总共花了不到半个小时，虽然不难解决，可毕竟没有空顾及川藤。

"他怎么了？"

"他啊，"梶井将香烟掐灭在了烟灰缸里，那是一只堆满了烟屁股的烟灰缸，又黑又脏，"他把手放在腰上了哦！"

我浅浅吸入一口烟，噗地吐出。

"这样啊。"

"我先失陪了。"

梶井直到最后，都未曾正眼看过我。因为他明白如果正正经经谈的话，这将变成相当麻烦的事。虽说把手放在了腰上，如果那家伙摸的是警棍，梶井就不会特地向我报告了。

那点程度的纠纷就打算拔枪，确实挺麻烦的。

烟怎么突然变得这么难抽。

新人被讨厌，是因为他们热血、冲动。冲动容易诱发多余的工作，多余的工作会让同伴遭遇危险。所以越危险的岗位就越讨厌新人。

不过时间能够解决这一问题。无论怎样的疯孩子最终都会习惯警察局的环境，剔除不必要的过剩能量。他们渐渐就会明白"教育一下即可"与"必须当成案件处理"二者的区别。怎么看都不像警察的家伙过个三年便会渐渐地长成警察脸。所以老警察的例行活动就是欺负新人，并没有什么特别的理由。

但是偶尔也有不成器的小子。他们通过了录用考试、经受住了警察学校的训练，随着时间的推移，却暴露出了明显不适合当警察的一面。

比方说有些人就是不能理解作为警察应该心知肚明的事，以及最后的底线在哪里。如果整天和无可救药的家伙们在一起，自己被传染到也是无法避免的。很多同事的想法甚至是：让伦理都去死吧！我也一样，深究的话也能找出漏洞，不过我们都能坚守最后的底线。有时或许会忘记，有时甚至会越线，但如果是没察觉到这一底线的人，说实话根本不配继续当警察。

认定自己已经看透尘世的人也不太适合当警察。有种人的经验之谈是：坏人就是偷盗者，偷盗者见了警察会立刻哭泣道歉。还有种人认为人性本恶，人类讲的都是谎言。他们往往都跳不出这种思维定势。无论哪种人，只要趁早辞职，都是功德无量。

而川藤浩志不属于以上的任何一种类型。

那是川藤来了一周之后，某日上午的事。跟前一天的交接很顺利，也过了学生上学的时间，所以很闲。岗亭周边的路该怎么走大致都已经教过他了，还剩几条小路。虽然让他看看地图、趁不值班的日子走一走熟悉一下，但还是直接带他去最好。

"川藤，走，巡逻去。"

"好的，是开警车吗？"

"不，骑自行车去。我骑在前面，你跟紧点。梶井留下值班。"

说完我们便去巡逻了。

今年真怪，都十月了，天还这么热。九月好似八月那么热，十月继续着九月的秋老虎，老天爷一定是内分泌紊乱了。我们在温吞的空气中开始巡逻熟悉的街道。

工作日的上午，在安静的住宅区内也会有那么几个人。从快递运输车上跳下来的精力充沛的男人、带狗散步的中年女人、意气消沉地闲逛着的年轻男人……他们几乎都不会注视我们，不是别过头去，就是不自然地看向前方，避免视线接触到我们。他们并非做了什么坏事，而是因为自己与警察无缘，所以才不必隐藏惊恐与警戒。如果不能习惯这种既被疏远又被依赖的感觉，是当不了警察的。

小学的旁边，树荫下有条容易被忽略的小路。我们拐了进去，这是一条汽车勉强能开过的弯曲小道，是单行道。

我们一言不发地来到此处。在银杏树繁茂的枝叶筑起的隧道行了约莫一半路时，从前方驶来一辆车，是辆小型汽车。我让车停下，看看川藤，他表情僵硬。

“川藤。”

“是！”

我下了自行车，看到汽车驾驶座上一个五十岁上下的男人紧锁双眉。他应该是想，反正这条小路也没车，快点开过去一定没事。和逆向行驶的车撞个正着，得干活了。

罚单的开法已经教过川藤了。

“你来开。”

我命令川藤。

“好的！”

自行车的后面装着一只白色的铁箱。川藤打开箱子的锁，把书写板和交通违章罚单拿了出来。川藤对熄了火下车的驾驶员用一贯的尖嗓音说道：

“喂！你懂的吧？违章！”

我差点没忍住暴打那家伙一顿的冲动。不管怎样，这种讲话方式仅限于习惯了这份工作的老手。第一次面对这种情况的新人哪有资格这么讲话！我忍不住咂了咂舌。

不过，焦躁马上烟消云散了。反正川藤也干不了多久。即使这家伙能用一句话让原本简单的工作变得复杂，我也不至于温柔到为了他的将来而教育他。而且，川藤并没有错，只是我看不顺眼而已。

在左手拿着的书写板上写字是需要一定技巧的，从远处看也知道川藤写得很潦草，不过好歹算写完了。他将文件硬塞给那个驾驶员，驾驶员接过罚单，板着脸回到车上。

然后，川藤满意地回头看看我，我没理他，自顾自走向汽车。我敲了敲车窗玻璃让驾驶员开窗。他用一副踩到狗屎般的表情看着我。

"还有什么事？"

"现在让你倒车开回去也不可能吧，我在入口看着不让其他车进来，你快点开出去。"

我让困惑的川藤在入口处守着，现在的时间段车辆不多，无需担心，车子很快就开出去了。擦肩而过时，驾驶员向我点了点头。

接下去没发生什么事，我们巡逻完毕回到了岗亭。午饭一般都是叫外卖，三份一起。胖子梶井明显一副等不及了的表情。

回程时、等外卖时、狼吞虎咽地吃着只有量多这一个优点的盖浇饭时，川藤都向我投来充满疑问的目光。这类新人想问的大抵相同，一定是：明明违反了交规，还让他继续开出去合适吗？这当然不合适，但是那么细的弯道是不可能倒得出去的，而且倒车更容易引起事故。我没心情跟他说这些，这里又不是学校。

当天，吃过午饭之后，川藤变得有些奇怪。坐立不安、心神不宁，像是在强忍着尿意。但我一看向他，他马上就恢复了平静。正当我想让大家轮流休息一下保存体力值夜班的时候，他终于下定决心开了口：

"请再让我去巡逻一次。"

我还以为他在想什么呢，真无趣。不过没有拒绝的理由。

"好，梶井，陪他去。"

"不，我一个人去就行。"

平时敦厚的梶井一听，眼珠子差点都弹出来了。可川藤并没有发现。

"我想试试自己一个人能不能按您教的方法巡逻。"

虽然这番话讲得踌躇满志，但这是不允许的。

"蠢货！你在警察学校学了点什么？"

姑且不谈只有一名警察的岗亭，原则上巡逻必须得由两人以上执行。一个人巡逻，而且还是个新人，根本就是无稽之谈。川藤应该明白这个道理。听我一吼，川藤马上道了歉，不过依旧恋恋不舍地看着自行车。我感觉其中一定另有原因。

当时川藤没有多说什么，后来我让他去休息，趁这段时间检查了一下自行车，发现文件保管箱没上锁。

"原来如此。"

川藤应该是发现自己忘锁了。他想在不被我们发现的情况下上锁，才说出想一个人出去巡逻这种话。根本行不通的肤浅想法！不过我却笑不出来……

当天晚上，我让他们俩人小睡一会儿，自己临桌而坐，边打瞌睡边陷入沉思。

自行车的文件保管箱中放有交通违章罚单等巡逻必备的材料，所以规定必须上锁。如果文件丢失会比较严重，仅仅只是忘记上锁并不是什么大不了的事，顶多被教训一顿以后注意点。可是川藤打算使小伎俩蒙混过去。

真是个懦弱的家伙，怕被责备，像孩子一样。

只是胆小倒还能用，好好培养的话，说不定能成为一名小心谨慎的警察，比起鲁莽的人要好多了。即使外勤不行，转到内勤总没问题了吧。

但是川藤这样的懦夫完全没法用，他做自己的搭档，想想都害怕。忘记上锁而耍点小心眼倒还可爱又无害，可下一次不知道会怎样。

我不是第一次带这样的下属。胃里面好像有块东西，堵得慌。

以前我当刑警的时候，曾有个体格健硕的下属。肩膀宽，人也高，看上去威风凛凛的，我暗自期待他能够成为独当一面的刑警。他的名字叫三木。

然而，我很快就明白他不过是虚有其表。体格健硕却学武不精；总是能找出最合适的理由拒绝别人交给他的工作；一旦碰到问题马上把责任推给别人；喜欢虚张声势，可一张嘴就立马败露……如果是普通人的话或许没什么，可我直觉这家伙当刑警一定会出纰漏，甚至可能会闹出人命。

所以我对三木特别严格。我是他的指导老师，工作上就不用说了，从整理桌子到走路的方式，我都对他进行了彻底的改造。不论三木做什么，我都未曾说过一句"做得好"。当然，如果三木能把事情做得无可挑剔，我也绝不会鸡蛋里挑骨头。他能成长当然是最好的，可希望不大。我想，他若忍受不了而辞职，对警界而言是一件喜事。

见我对三木这样的态度，同事们也学我。无论在哪里，三木都遭到了大声的斥责。

"废物！"

"笨蛋！"

"什么也做不好！"

"你怎么当上警察的？"

"不准找借口！"

"你凭什么沉默？"

"做好事再讲话！"

"为什么不事先报告？"

"碍眼的家伙！"

"去死吧！"

一年之后，三木辞职了——正当他开始熟悉工作，我觉得他或许能成才的时候。只会耍嘴皮子的傻大个走了，刑侦科安静了不少。虽然是我一手策划为难并赶走三木的，我的心情却不太好。

三木辞职的三个月后，我再次见到了他。一天，我接到地域科的电话，让我去某公寓。在百忙之中，我气愤地来到指定公寓，一名普通的巡警态度冷淡地接待了我。

"不好意思，联系不到他的家人，所以无法确认遗体的身份。告诉了局里后，他们说柳冈应该最清楚了吧。"

这是一座老旧的公寓，我沿着涂料落光、锈迹斑斑的楼梯走了上去。公用走道上放着洗衣机、可回收垃圾、一捆捆的旧报纸、弯曲的晾衣竿、放着音乐的三轮车。巡警将我带往走廊尽头的屋子。

那是一间没有阳光的朝北一室户，三木悬梁自尽了。被踢翻的踏脚凳靠在磨砂墙面上。不愧是傻大个，吊在横木上离地才不到十厘米。他的眼睛和舌头都弹了出来，大小便失禁。我看惯了尸体，判断他应该是刚刚死亡一天。

"柳冈应该最清楚了吧。"

我应该最清楚了吧？是我，杀了三木。

我被调到"绿1"值班岗亭，其实是降职。

三木确实不适合当警察，我认为赶走他是为了同事好。然后三木就死了。

川藤也不适合当警察，总有一天会引起麻烦。

不过我已经不想再"杀死"下属了。

三

川藤殉职的那天，从早上起就怪事不断。

值勤的日子，上午九点得先到局里报到。那天早上听天气预报说当天有雨，我很在意天色，于是在大门口抬头一看，淡蓝色的空中一朵云也没有，空气湿度却很高。当时我就觉得，真是奇妙的早晨啊。

我在局里的更衣室换完制服、准备完换班的文件后，便和梶井、川藤一起去佩枪保险库。

领完佩枪与子弹，我们便在装备科长的旁边排成一列。

等待他"拔枪"的指令。

拔出枪，推出左轮手枪的弹槽。

"装弹！"

这一天我的手特别生。才刚刚往五发弹槽内放入一发，其余子弹就从手中掉了下去。为了防止爆炸，地板上铺着长绒地毯。所以即使子弹掉在地上也没有声音。如果是新人，肯定会遭到一顿臭骂，好在我与科长是一届的。虽然科长没有嘲笑我，话却讲得非常难听。

"怎么了，柳冈？年纪大了？"

"抱歉。"

"要是弄丢了一发，看我不打爆你的脑袋。"

这应该不是玩笑话，毕竟子弹的管理是非常严格的。

我把子弹捡起来，填入弹槽。当了二十年警察，在刑侦科和地域科的时候也佩过枪。现在被调到岗亭，每次值勤之前都得来领枪。可这是我第一次失手掉落子弹。

梶井和川藤早就上好弹了。

等磨磨蹭蹭的我装完，"收枪"的指令便响起了。

然后我们乘上警局的巴士。巴士一次运送四个岗亭的值班人员，所以车上一共有十二人。平常大家都会说些赌博、赛马的话题，偶尔还会说夜店的事。可这一天的聊天总是断断续续的，只有柴油发动机的引擎声不绝于耳。

60号国道正在修路，当天岗亭的正前方在重铺柏油路。

一大早，岗亭就来了客人。

"啊！是二号。"

梶井难得发出厌恶的声音。

"那个人又来了啊。"

川藤也皱起眉。

来岗亭的这位美女如果再年轻个十岁一定更加美艳。秋寒之下，她用皮草包裹住了全身。如果是晚上，你可能会误以为她才二十多岁，不过自然光暴露了她浓烈的妆容，看上去的确符合四十五岁的年纪。她叫田原美代子，住在离国道两条马路的一座独栋房子里。

有几个固定的举报人常来"光顾"这个岗亭。其中有一对互相憎恨争斗了十几年的邻居。他们常常以"他家的树枝长了过来""他家的猫很吵"等理由来报案，希望我们逮捕自己的邻居。我们偷偷用暗语称他们为"一号"。

还有一个是自称退休警察的老人。他每天都在附近闲逛，逛完了来报告公园里有个孩子在玩球，或是对面书店在卖不像话的杂志。最后还放话："管理得这么松弛，如果我还在当警察，早就把你们都开了！"关于这个老人我们和局里确认过，没人认识他。他被我们称为"三号"。

这类人总共有五号。像田原美代子这样的美女来到岗亭本身就已经是事件了，所以印象总是特别深。她一般都是半夜里来。以前问她职业的时候，她毫不犹豫地说自己是"酒吧女招待"。她的报警内容每次都相同：自己很害怕吃醋的老公。

这件事也和局里确认过，美代子的老公名叫田原胜，曾两次因伤害他人而遭到逮捕。其中一次的罪名是杀人未遂。他是个粗鲁、危险的男人，和其余没事找茬的举报不同，田原胜被列入需严加防范的名单。我在巡逻的时候见过他几次，他看上去无精打采的，一副寒酸相。很奇怪美代子这样的美女怎么会选择了他，不过也正因此田原胜才会特别束缚她。

"田原胜曾经拿刀威胁在门口与美代子聊天的快递员。"

这是我听岗亭里比我资格老的男人说的。

今天美代子好像闹得很厉害，她几乎要揪住警察的胸口，步步逼近。

"可以算她妨碍公务了吧。"

川藤笑着说。美代子确实是个麻烦的女人，但我从未想过要抓她。

"怎么办？我们先去巡逻吧？"

梶井也开起了玩笑。

"他们值了一夜的班，快点换班。"

看见我们，岗亭里的三个人一下子松了口气。美代子经验丰富，知道我是亭长。于是她马上转身，直直地向我走来。

"太好了，柳冈先生来了，和他们根本说不通。"

"冷静一点，总之先请坐吧。川藤，去帮我泡杯咖啡。田原女士需要咖啡吗？"

"不要。"

她斩钉截铁地冷冷说道，抱着胳膊抖起身子。

"好，请问发生什么了？"

"我已经和他们说过了。"

"我知道，不过请你再说一遍。"

美代子故意大声叹了口气。

"是啊，这些人真是……请听我说，我老公可能想杀了我。"

"原来如此，你先坐下吧。"

"也好。"

美代子终于坐在了小转椅上。她稍微冷静了一点。

当我准备笔记本和圆珠笔的时候，梶井不愧是明白人，已经开始和前一晚值班的人进行交接了。川藤把咖啡递给我的时候，那三个人便与我道别，准备回去了："亭长，我们先走了。"不过在回家之前，他们还得回警局递交交通违章罚单等文件，返还佩枪和子弹。

"没有烟灰缸吗？"

"你应该很清楚，现在这里是禁烟的。"

"喊，那边开着的门外面倒是可以抽？太冷了，给我把门关了。"

"门是规定要开着的。"

"那为什么还需要门？和便利店的卷帘门一样多

此一举……"

"田原女士，不要闲聊了好吗？"

美代子有些抱歉地抬了抬双手。

"每当紧要关头，我总是不知道该从何说起。不过你是知道的吧，我老公的事？"

我点点头。梶井和川藤一边偷偷打量着这边，一边看着交接资料。

"他原本是个危险的人，最近变成了怪人。只要见我和男性说话就不开心，可最近我什么也没做他就说：'你出轨了吧？'搞得我一头雾水。"

"原来如此。"

"他没工作，全靠我养活。他应该很清楚我的工作是什么，可每当我出门工作，他总会嘲讽说：'你是去找男人吧？'当然我的客人是男性居多，那也不必阴沉着脸唠叨抱怨吧？以前的他不是这样的。"

"也就是说，他还没有对你使用暴力，也没发生任何事，对吧？"

"刚才的那些人也是这么说的，请听我说完！"

"还没说完？请继续。"

"我老公最近买了把刀。怎么说呢……总之很大，不是野营用的那种，很危险。"

我瞟了一眼梶井，他的表情发生了变化。

"是双刃刀吗？"

美代子皱起了眉。

"我没仔细看，这很重要吗？"

"算是吧。"

美代子盯着空中思索起来，不过很快便摇了摇头。

"不知道，有一天我忘带东西了，便中途回家，看到那个人痴痴地盯着一把刀。不过他注意到我之后马上把刀藏了起来，边说'不许出轨哦'边笑。柳冈先生，你能明白我的恐惧吗？"

我停下了记录的手。

"我明白了，我会加强巡逻的。"

"我在说我害怕回家！"

"请万事小心。我会把这次谈话的内容告诉局里的生活安全科。如果被你先生施暴了，请马上去生活安全科。我把电话号码给你。"

美代子叹了口气。

"你的意思是让我死了之后再打电话过去？你们只会说这些。"

"不能只因为在家里看见了刀就抓人吧？总之，我把这个岗亭的电话也留给你，你的联系方式……"

"给过你们了。"

前来建议或投诉的人只要不拒绝，一般都会留他们的姓名、电话、地址。

"我刚刚想说的就是我们有存档。那么请小心。"

美代子愤然起身，说了句："你们的活儿还真轻松。"接着走了出去。

看着她的背影，川藤说："真是个讨人厌的女人，我们的工作才不轻松呢！"

梶井把手放在川藤的肩上。

"如果每次被骂'税金小偷'都生气的话，胃会吃不消的。"

我从文件夹中拿出档案，田原那一页贴着便签，所以马上就找到了。我把她的地址和电话抄在笔记本上，同时问梶井："你怎么看？"

"她也没和那种男人离婚，选择继续生活在一起，这不就是臭味相投吗？她老公打都没打过她，怎么可能杀她？她不过就是想找个倾听者诉说一下吧。"

"也许吧，不过她老公有前科，是个会因为女人而行凶的男人。"

"你认为他还会行凶吗？"

"不知道，田原美代子的话是否属实也不得而知。"

"让我也看看档案，我也记一下。"

通过每天的巡逻，我们知道田原的家在哪里。万一有什么突发情况，正确的地址能提升急救速度。梶井记笔记的时候，川藤像个娘儿们似的站着。他的沉默或许是在主张说："没必要担心那种女人。"

梶井整理好资料，终于开始了日常的工作。

"好了，交接的情况是？"

"撞车三起、偷盗自行车两起，还有个关于老年痴呆患者失踪的报告，不过家属没有提出寻人请求。"

这时，从开着的门口传来巨大的声响。铺路工程进展很快，使柏油固定的机器也开动了起来，像捣年糕一样在马路上跳跃。梶井苦着脸说：

"看来今天打不了盹儿。"

上午的巡逻我没有带川藤去，并非出于什么特殊考虑。

这次巡逻得寻找独自徘徊的老人，可能需要敏锐的判断力，所以我认为梶井比较适合。为了让川藤积累经验，我会尽量让川藤去巡逻，不过独自留守岗亭也能增加经验。

根据资料，失踪的老人今年八十四岁，今天早上六点左右家属发现其失踪。老人痴呆的症状越来越严重，同时患有心脏病，但腿脚很好，家人无法预测他能走多远。

60号国道是双向四车道，黎明时分会有大量的运输货车经过，很难穿马路。虽说不能瞎判断，不过老人极有可能没过这条马路。老人的家住在国道西侧，所以我们主要在那边巡逻。

家属没有提出寻人请求，即使找到了老人可能也不会主动联系岗亭。不管怎样，要比往常更认真地巡视才行。花了两个小时巡逻，回到岗亭已经超过十二点半了，当时记录上的时间是十二点三十三分。

铺路工人可能也进入了休息状态，机器没有开动。不过来往的车辆依旧，所以还是有点吵。时间有些晚了，正当我要叫便当，川藤激动地对我说：

"亭长，刚才施工队有人倒下了。"

"事故？"

"可能是的。当时我坐着，看见交通指挥员突然按着头倒了下去。过去一看，他说有什么东西撞到了自己脑袋上。"

"哦。"

我坐下，写上巡逻回来的时间，并对梶井说："亲子饭，加大。"梶井马上拿起听筒。川藤见状慌忙说道："不好意思，我要大份的猪排饭。"

"然后呢？"

"然后是吧？"川藤舔了舔嘴唇，"我过去询问，他说可能是被车子碾过的小石子弹到了。虽然很常见，但是不太容易弹到头。他的头盔上出现了很大一个伤痕。我找那颗小石子找了很久，可惜没找到……"

我停止写报告，抬起头。

"我不是问这个，指挥员受伤了吗？"

突然，川藤的脸上闪过一丝胆怯。

"如果……他受伤的话，会调查此事吗？即使是车子碾过的小石子导致的？"

"你在说什么！如果没了指挥员，也没其他替代者，必须得联系交通科！"

川藤松了口气，表情怪异地说：

"不要紧，指挥员只是受到一时冲击倒了下去，不过马上就站起来了。他下午应该能够继续工作的。"

"是吗？那就好。"

我把文件整理好塞进文件夹。川藤咕哝着说：

"是啊。但是不用找那辆碾起小石子的车吗？"

当我们吃完午饭，铺路工程再度开工。噪声与振动再次向我们袭来。乍看之下，交通指挥员一如往常地挥舞着指挥棒。如川藤所说，他的确没受什么伤。

下午至晚上并无异常。

下午出去巡逻之前，接到撞车事故的通报。地点在大超市附近，离岗亭较远，所以我们开警车过去。小汽车的前部与面包车的后部都撞扁了，一个中年男人带着哭腔疲倦地说自己把刹车与油门搞错了。由于没人受伤，最终当事人双方私了了。根据记录，我们是下午两点零四分出发，两点三十一分回来的。

巡逻于下午三点五十八分结束，之后给失踪老人的家里打了电话，果不其然，老人已经回到家中。

我记得电话那头的人有些不好意思地说："我记得我没提出寻人请求啊……"

到了傍晚，工程的噪声变小了。十一月的白天很短，晚上六点零九分一个去朋友家玩然后忘了该怎么回家的中学生来问车站的方向，当时天已经全黑了。川藤说："中学生怎么可以在天那么黑的时候还不回家？把姓名和地址告诉我！"对方顶嘴道："上补习班的时候更晚呢！"川藤怒吼："怎么说话的？"

晚上十一点十分，接到嫌邻居家电视声音太吵的举报电话。是邻里不和的"一号"中的一位，现年七十一岁的男性。当我们赶到现场时，理应很吵的邻居家熄了灯，静得很。"他应该睡了吧？"我问。不料举报人挥舞着手臂道："因为警察来了，所以他才装睡的，快进去抓他！"

回到岗亭，我写下十一点四十九分这个时间。

根据记录，局里接到报警电话也是在十一点四十九分。

四

葬礼过后，我造访了川藤的家。

工作名单上的地址是一座建在散发着下水道臭味的河旁的旧公寓，让我想起曾经去确认三木尸体的公寓。

我按响门铃，在葬礼上见过一面的男人走了出来。他皮肤晒得有点黑，蓄着黑中带白的胡子。我提前通知过自己的来访，所以还没自报家门，对方就说："是柳冈先生吧？"他的声音低沉粗犷，和川藤又细又尖的声音反差很大，不过一看长相就知道他们有血缘关系。如果光看眼睛部分，应该很难区分二人。

"浩志承蒙您关照了，我是他哥哥隆博。"

"我叫柳冈，今天打搅了。请先让我上炷香。"

"请进来，家里都是男人，所以很乱，请别介意。"

六叠①大的房间里散发着香烟的味道，除了矮饭桌和电视机以外没有其他家具。发黄的榻榻米的角落里放着一张用崭新的木头搭起来的台子，上面摆着牌位。没有香炉，取而代之的是一只空啤酒罐。我点上香，插入空罐子里，双手合十。

房间里没有坐垫，我们隔着矮桌面对面坐在榻榻米上。

"我对他的死感到十分遗憾。"

我说完，川藤隆博面无表情地回答：

"没办法，这是他自己选择的道路。"

川藤当我下属的那段时间，没有主动说过自己

———————————

① 叠，一块榻榻米，约1.53平方米。

的身世，我也没问过。只听他读警察学校时期的伙伴，一个交通科的男人说过一些。

"隆博先生，听说你好像算是他的半个父亲。"

隆博没有点头，只是低垂下视线看着矮桌。

"听说你们的老家在福井。"

"很久没回去了。"粗犷而安静的声音，"我们和父亲的关系不好，所以不太联系。浩志的死讯我写信告诉他了，没收到回信。不过在电视上看见他了，一点也没变。"

川藤殉职的新闻在电视上报道时，他父亲出现过好几次，看上去有些狡猾，总边哭边说："那个家伙生来就是个十分有正义感的孩子！"

"浩志出生的时候，他在外面包养情人，不常回家。我们的母亲很勤劳，结果很早就过世了。我虽然算不上是浩志的半个父亲，不过一直在照顾他。"

"他是个优秀的警察，多亏了川藤，人质才能获救。"

美代子身上有三处刀伤，好在身穿羽绒服，伤口都不深。在我们闯进去之后，美代子脑部遭到击打导致昏迷，头盖骨上的骨折才是最严重的伤。

"我听说了。"

"犯人十分凶残，我们也是因他而得救。"

事后我考虑了很久，如果当时川藤不开枪，想要制止手持匕首的田原或许很难。我们没有等待救援直接闯入，这一行为被上级批评得很惨。不过如果再晚一分钟，田原美代子就没命了。

隆博又说了一遍：

"没办法，这是他自己选择的道路。"

在昏暗的房间中，我与隆博沉默了一段时间。我看了看手表说："那么我差不多该走了……"不料隆博像是要压过我的声音般说道：

"不过，我认为不是这样的。"

"不是这样？"

隆博不是在对我说。为了理清自己的思绪，他断断续续地说出一些片段：

"我很了解他。真要说的话，他不是一块当警察的料。我觉得不是单纯的血缘关系，可他有些地方很像我们的父亲。脑子不笨可胆子很小，不过将错就错的胆量倒是有的……他很喜欢枪，为了开枪去国外旅行，回来之后一个劲地炫耀自己是如何连续射击的。他只是因为可以佩枪才去当了警察。

"所以，他不可能为了保护人质而开枪，那么伟大的死法不像是我弟弟会选择的。"

突然，隆博好像回过神来了，抬起头说：

"柳冈先生，他死的时候，你也在场吧？"

"是的。"

"我知道警察会有难言之隐。我不会告诉任何人的，所以请务必将那天发生的真实情况告诉我。"

隆博所言极是。警察的确有难言之隐。

作为指挥官没有保护好川藤，在葬礼上也好，现在也好，我都不能为此而道歉。因为我当了二十年警察，所以不允许道歉。

对遗族说当天发生的事，更是出格至极。越说越容易被指责说警方的处理方式漏洞百出。即使遗族承诺不告诉任何人，很有可能第二天就在电视采访中大谈警方的过失。

"柳冈先生！"

我已经很累了。

我不希望川藤像三木那样死去。我很清楚川藤不适合当警察，可我担心若是指责他，他也会像三木那样悬梁自尽。所以我选择了沉默。我不想再次被降职去其他地方。

可是川藤还是死了。脖子以下被染成了鲜红，死相难看。如果我多教他一些当警察的经验会怎样？"凭你的性格到了案发现场会很危险！"如果我边揍他边如此告诫他呢？

三木死于我的自以为是，川藤死于我的明哲保身。

还是辞职吧，我果然也不适合当警察。

想到这里，那天的一幕幕清晰地浮现在眼前。

"那天……从早上起就怪事不断。"

我告诉他：

田原美代子在上午来报案。

我知道田原胜一直很可疑。

寻找失踪老人、超市前的撞车事故、迷路的中学生、"一号"无聊的报警。

我连川藤的午饭是猪排饭都告诉了他。

隆博闭着眼睛，看上去好像没有在听。那也无所谓。

这个被香烟熏得发黄的六叠大的房间中混杂着线香、下水道的味道。这里也是我的忏悔室。

说着说着，终于说到十一月五日晚上十一点四十九分了。

五

那个夜晚虽然没有下雨，但很冷。

零点之后，应该由我和川藤小憩，梶井值第一轮夜班。可我们刚从"一号"那里回来，还来不及脱外套，无线电对讲机就响了起来。

"总部呼叫绿 1 岗亭，收到请回复。"

"收到，这里是绿 1，请讲。"

"有名女性报案说丈夫挥刀砍向自己。名字叫田原，田地的田，原野的原。还没告知地址电话就断了，对方称绿 1 岗亭知道自己的情况，绿 1 知道吗？请回复。"

我用力握了握拳。我向梶井做了一个手势，他立刻就明白了。梶井翻开写着田原地址的那页笔记给我看。

"知道，地址是绿町一丁目二番地七号，她应该是田原胜的妻子，名叫田原美代子。"

"绿町一丁目二番地七号、田原胜，了解。请绿1警官速速赶赴现场确认情况。"

"明白，马上前往。"

"请保持对讲机通信正常，以上。"

梶井趁联络的期间脱了外套，川藤一脸的紧张，呆呆地站着没动。我一边解大衣扣子一边指挥道："快穿防弹衣！"

碰到突发状况时，新人的反应总是会慢一拍。我和梶井已经穿好了防弹衣，川藤还磨蹭着刚刚套过手臂。防弹衣质地很硬，确实很难穿上，我和梶井趁着川藤磨蹭时已经穿上了外套。梶井问："警杖带不带？"

岗亭的墙边竖着1.2米长的警杖，很长，骑自行车的话无法带上。开警车倒是可以，不过田原家附近多是单行道，开车需要绕一个大圈子。

"不带，没时间了。"

"好的。"

川藤终于穿上了防弹衣，刚刚把手伸向外套。

我马上制止他说："出发！"

很奇怪，平时我没有抬头看天的习惯，却清楚地记得那天晚上的月亮。天气预报说会下雨，空中飘浮着一层白雾，满月若隐若现。虽说很紧急，但也不能不看路光猛踩自行车。在赶路的途中，我还能从容地留意腰间的警棍。

接到报警之后过了七分钟，也就是十一月五日晚上十一点五十六分，我们抵达了现场。附近的居民都走出家门，不安地看着一户人家。一个在睡衣外面穿着短外套的老人一见到我们就挥手："警察先生，这里这里！刚才惨叫声可厉害了，现在完全安静了下来……"

他刚说完，冷不防尖叫声又响彻四周。

"住手！放过我！"

只听见女人的声音。我马上拿起对讲机。

"绿1呼叫总部，请回答。"

"收到，请说。"

"我们已经抵达田原美代子的家，事态十分紧急，请求支援。"

"明白，马上派出支援，以上。"

等我关上对讲机，梶井问：

"接下去怎么办？"

他是在问是否等待支援。还没等我回答，川藤抢先说道：

"上吧，被害人今天才上门报的案，要是死了多糗。"

我狠狠地盯着川藤，怎么可以轻易说出"死"这个字。

不过，如果田原胜手持刀刃乱施暴的话，确实应该尽早制止。

"上！"

"明白了！"

田原的家是个两层建筑，周围有一圈混凝土围墙。能看见大门，不过这片住宅区路灯稀少，其他就看不清了。不能肯定大门没上锁，如果有落地窗的话，最坏的情况是破窗而入。

"梶井，你走前面。"

"明白。"

梶井、川藤和我依次跑向大门。梶井用他肥肥的手指压了下门把手，随后转向我们点点头。看来门没锁。梶井右手拔出警棍，左手重新抓住门把手。

"上！"

梶井夺门而入，同样手持警棍的川藤紧随其后，我瞬间扫视了一下周围以确认情况。混凝土墙的内侧是赤裸裸的土地，一只塑料大圆筒垃圾箱放在门口。砖头围成的一角或许是花坛，不过可能因为时节不对，那儿连一根草都没有。

我随着他俩走入田原家。房内亮着灯，木地板上有星星点点几滴血。走廊左边的通道像钩子一样直角拐弯，右边是楼梯。看到梶井犹豫的样子，我扯开嗓子喊：

"田原！不许动！"

可我们还是没有听到男人的声音。不过震耳欲聋的尖叫声回应道：

"救命！我在这里！"

"在一楼！"

还没等我发出指令，梶井就穿着鞋冲了进去。带着哭腔的"快点！快点快点！"指引着我们奔跑在并不大的房子里。用玻璃窗隔开的像是客厅的房间内空无一人。

喊叫声消失了。我听到像是敲击什么东西一般的沉闷的声响。对这个声音反应最快的人是川藤。他回到走廊，走向屋子的更深处。有间开着隔扇、关了灯的房间。我们闯了进去。

两间六叠大的房间尽头的纸拉门倒了，落地窗开着。走廊外头是庭院，美代子屁股着地坐在泥土上，身体靠着混凝土围墙低着头。在月光的照射下能看到她穿着的羽绒大衣被划了一道斜口，羽绒都露出来了，她应该是刚下班回家还没来得及脱外套。

美代子的旁边站着一个男人。他瘦得颧骨凸起，个子很高，看上去很憔悴，可变化并不是太大。我能认出他就是田原胜。

我们走出屋子，走进庭院。我以为这样就能够镇压他，不过田原胜用想象不到的声音嘶叫道："不许动！"我们停下了——并不是害怕他的叫声，而是因为他把刀抵在了田原美代子的脖子上。月光之下，刀显得特别大。那并不是我所担心的双刃刀，能看出刀身有弧度，是一把匕首。

田原突然一反刚才的态度，用谄媚的声音说：

"给你们添麻烦了。警察先生，请别管我，这是家庭问题。"

"开什么玩笑！你神志到底清醒吗？"

"对于美代子的婚外情，我已经疲倦了……"

"冷静！总之先把刀放下！"

位置很不妙，在最前面的是川藤。梶井从走廊下去之后站在川藤的后方。有川藤挡着，想行动也不方便。我还站在走廊上，离田原那儿有五六米。真后悔没把警杖带来，这个念头在脑中一闪而过。

"等我办完事，随你们怎么处置。只不过我……"

田原仿佛用尽全力如此说道，不等他说完川藤就喊了起来：

"住手吧！我是绿1岗亭！"

初次临敌，很多警察都会说一些莫名其妙的话。曾经有个新人面对挥舞着铁棍的嫌疑人大喊："停止请吧！"所以我并不觉得川藤的话很奇怪。不过，这一句话让田原发生了骤变。

"绿1？原来就是你！"

田原把匕首从美代子的脖子上移开，刚才还在示弱的表情消失了，现在他深陷的眼窝中藏着一双残暴的眼睛，恐怕他已经彻底疯了。

"是你！和美代子……"

田原边说边冲了过来。

我跳下走廊，梶井拔出警棍向后退了一步。匕首快要刺向川藤的时候，我刚刚一只脚着地。

被梶井挡住了视线，我看不清前方发生了什么。不过我清楚地听到了一个声音——当了二十年警察，这是第一次在训练场之外的地方听见。那是枪声。

我听到一连串的枪声，是连续射击。

不过田原没有停下，匕首还在向前伸。

紧接着，田原的身体就摇摇晃晃了。他保持着冲刺的姿势，膝盖先着地倒下。

"逮捕！"

我边喊边蹲滑过去，压着倒地的田原，按住他拿刀的右手。

但是，原本应该跟着我行动的下属没有过来。我抬起头才明白究竟发生了什么。

是血。血从脖子上往外喷。川藤想用手堵住自己的伤口，可血像自来水一般从指缝中流出，甚至溅到了混凝土围墙上。

"川藤！"

梶井好不容易喊出声音，我则继续按着田原一动不动。

警笛声近了。我想，救援队到了，川藤有救了。

作为现役警察，没能分清救护车和警车的区别应该算是一种耻辱吧。

赶来的当然是支援我们的警车，我们立刻打了急救电话，不过救护车花了十四分钟才到。

来了两辆救护车，分别载上了川藤和美代子，没有救凶手。这一点在后来遭到了舆论的批判。警方的反驳是：因为田原当场死亡，而川藤还活着。

不过在我看来，我不认为当时川藤还活着。

六

当我快要说完的时候，啤酒罐里的线香烧完了。

我闭上嘴，六叠大的房间静了下来——好像方圆五百米内没有任何人那样安静。车辆的声音也消失了，只是能隐约听见臭河浜的流水声。

在医院清醒过来的美代子有些精神错乱，一开始连对话都无法进行。过了两天估摸着差不多了，我们再次造访医院。问了她一些问题，可是她说自己不明就里。

那一天，美代子一如往常地去上班。据酒吧的女招待说，酒吧其实和会所差不多。晚上十一点半，酒吧打烊，美代子刚回家就遭到丈夫的袭击。

"他不断强调：'你果然在搞婚外情，我已经知道了！'不管跟他怎么说都说不通……我知道他很奇怪，总有一天会变成这样，不过……"突然，美代子用愤恨的眼神盯着我，"不管怎样都不用杀死他吧！你们这些杀人凶手！"

我后来才知道，当时美代子并不知道川藤已经死了。不过即使知道又怎样，还是改变不了她丈夫被杀的事实。

田原胜一听到"绿1岗亭"这几个字就态度骤变，是因为他认为美代子的外遇对象是岗亭的警察吧。美代子确实频繁地造访岗亭，被田原胜误解也不奇怪。

于是警局进行了内部调查——美代子到底有没有和岗亭的警察搞外遇。如果川藤和美代子真的有关系，那么案件就可定性为感情纠葛。虽然未必会公开，不过还是进行了调查。

结果是清白的。田原胜死后美代子依然对外遇矢口否认，调查结果也证明没有疑点。再说川藤被分配到绿1岗亭，不过是一个月前的事。

闭着眼睛像石头一样的隆博，慢慢地睁开了眼睛。

"柳冈先生，我有几个问题想问你。"

"请讲。"

"他并不是当场死亡，他还用手堵着伤口，对不对？"

我点点头。

"死之前他有没有说过什么？"

我想起了赶来支援的警察的怒吼；自己毫无感情地打急救电话的声音；不停呼喊川藤名字的梶井；飞溅到川藤煞白的脸上的鲜血……

最后，川藤并没有说什么豪言壮志。

"他说：'本不应该这样的。'"

"只有这句？"

"还有'我明明做得很好'。他不停重复着'我明明做得很好'。"

"我明明做得很好……"隆博也喃喃重复了好几遍，"你认为是指什么？"

"应该是指开枪吧。川藤的子弹，的确命中了田原。川藤或许认为自己制止了田原，可是田原没有停下。明明击中了，自己不应该会死，应该是这个意思。"

隆博不置可否，他低着头一动不动。

"他的子弹全部命中了犯人吗？"

关于这一点警局进行了查证。虽然对外宣称"枪的使用是合法合理的"，可是开枪依然被当作丑闻处理，所以进行了彻底的现场查证。

"不，只有四发命中。其中一发命中心脏。"

"报纸上写他一共开了五枪。"

"没错。"

"枪里一共有几发子弹？"

"五发。"

"他用完了所有的子弹。"

"是的。"

沉默了一会儿，隆博问：

"射偏的那发在哪里？"

此事未曾公开报道过。

"掉在院子里了。"

"掉？你刚才说院子里是泥土地。"

这是事实。

射偏的子弹是我找到的。川藤和美代子被救走后，我在躺着田原尸体的庭院里找到了嵌入泥土的子弹。因为知道会有鉴定科的人来，所以我没有碰子弹。但我知道那一定是从川藤的枪中射出的。

"掉，也就是说不是他射偏的。"

"怎么说？"

"应该是向空中鸣枪示警掉落的那一发。"

"他鸣枪示警了？"

我没有马上点头。

梶井挡在我前面，所以我没有看清。如果问我有没有看到川藤鸣枪示警，我没有。即使我能看到，可能也顾不上。不过我说：

"应该是开了，地面上确实掉落了一发子弹，只能这么想。"

隆博没有点头，也没有重复确认，只是有些抱歉似的问：

"要抽支烟吗？"

我们在抽烟的时候，互相都沉默着。隆博的脸上没有表情，他到底是个怎样的男人？

其实有一点我不明白。

当我们闯入田原家的时候，川藤手持警棍。梶井的左手抓着门把手，右手拿着警棍的时候，川藤依旧手持警棍。我记得这些情节。但是当田原攻击过来的时候，川藤当即就开了枪。他是什么时候换的武器？

我知道川藤很喜欢使用枪。想起在小酒馆"小百合"发生过的事，我不得不这么认为。

隆博狠狠地吐了一口烟，把烟屁股掐灭在了代替烟灰缸的空罐子里。他等我抽完，拿出了手机。

"柳冈先生，其实那天弟弟给我发过一条短信。"

我第一次听说有这回事。

隆博打开手机，把那条短信给我看。

不得了了。

只有这一句话。短信接收的时间是十一月五日上午十一点二十八分。

"当天他发短信的时候你有没有发现？"

"这个时间我正在外面巡逻，川藤一个人留守岗亭。"

隆博把手机放在矮桌上，说：

"每次他对我说'不得了了'的时候，问题都很严重。一定是这样。"他的声音粗犷、冷静、坚定，"他读高中的时候，有一次告诉我说'不得了了'。当时他有个女朋友，说自己让女朋友怀孕了。他是个胆小鬼，慌了神便来找我。幸好我们的母亲已经过世了，不然他一定会哭着哀求母亲的吧。"

"……"

"经我调查，原来那个女的只是设了个局想骗钱。品行真差。在柳冈先生面前不太好说，为了摆平这件事，我做了不少粗俗的事。

"考大学的时候也有过一次，他说'不得了了'。原来是把入学金拿去打小钢珠输光了。凭我的积蓄根本不够，只好低着头东借一万西借五千，好不容易才凑足了。那次是最危险的，也是我有生以来第一次动真格打了他。"

隆博突然认真地看着我。

"柳冈先生，你能明白吗？那个家伙每次对我说'不得了了'的时候，都是在拜托我为他收拾烂摊子。"

"那一天也是你……"

隆博摇了摇头。

"那天我什么也没做。因为我把手机忘在家里了。等回来之后看到短信时还在想到底发生了什么事，到了晚上就……"

川藤浩志殉职了。

"柳冈先生，那个家伙所谓的'不得了了'是指什么事，你有线索吗？"

我只能保持沉默。因为我根本没有想过当天我们出去巡逻后，川藤到底干了什么。

"总之……"

隆博的声音失去了张力。最后，他喃喃自语般说道：

"我不认为他死得很英勇，他是个懦弱的男人……这才是我所认识的浩志。"

我果然还是说不出话。

不过听了隆博的话，我好像明白**为什么第五发子弹会掉落在庭院中**了。

七

"您不看葬礼的照片吗？"

新下属这么问我。

"等会儿看。"

我这么打发他。下属用鼻子哼了一声转过身去。他应该认为我当不了多久的警察了吧。川藤的哥哥遵守了约定，没有把我们的谈话告诉任何人。所以我不必为向老百姓泄露川藤殉职的内情而承担责任。但是由于鲁莽的行为导致下属殉职一事，明里暗里他们都会让我辞职的吧。我已经没有力气来对抗这股压力了。在漫不经心的日子里，我只是一个劲地思考川藤的那句"不得了了"。

透过开着的窗户能看见 60 号国道。铺路工程结束了，车辆行驶在崭新的黑色柏油路上。

十一月五日，击中交通指挥员头盔的到底是什么？

川藤说是车子碾过的小石子——其实是在强调这一点。他不停重复"车子碾过的小石子"，说得令我耿耿于怀。

现在的我好像明白那是什么了。

子弹。

为了开枪特地去国外旅行的川藤；酒馆发生了点小纠纷就打算拔枪的川藤。那天，独自留守岗亭的川藤把玩着枪——是因为太闲了想玩还是因为枪脏了想擦干净？总之，川藤开了一枪。

岗亭的玻璃窗一直是开着的。子弹飞出窗外。

多亏了铺路工程的噪声与振动，枪声被掩盖了。但是川藤目击交通指挥员倒了下去，是被自己发射的子弹击中了。川藤迅速离开岗亭，跑向指挥员那里。幸好他没受伤，只是擦过头盔而已。指挥员认为自己是被车辆碾过的小石子击中了，于是川藤放下了心。

不过川藤马上就意识到自己即将面临绝境。

警方对于子弹的管理严格得很。哪怕只是遗失一发子弹也会影响自己的将来，说不定会被迫辞职。川藤不仅乱放了一枪，而且还击中了别人。这种情况不是被迫辞职那么简单的，应该会遭到起诉。

于是川藤发了条信息给哥哥："不得了了。"可是哥哥没有回复。就算哥哥看到了，应该也帮不了他吧。

为了掩饰过失，必须做一些坏事——就像他忘记锁自行车保管箱时坚持要一个人去巡逻那样。川藤想着怎样才能掩饰那一枪。交通指挥员没有发现是子弹击中了他。于是川藤到处找，说自己要找到那颗石子。幸运的是，川藤找到了子弹。问题是归还佩枪的时候该怎么办。值完班就得归还佩枪和子弹，哪怕少一发也会被发现……

最终他得出的结论应该是：想要掩饰那一枪只**要光明正大地开枪**就行了。

川藤打电话给田原，档案中有对方的电话。田原没有工作，白天也在家中。川藤告诉田原：

"你的老婆在搞婚外情，和绿1岗亭的警察。"

田原胜原本精神状态就不稳定，他不可能接到来路不明的电话一笑而过，一定会认为无风不起浪。所以川藤才选择田原作为合法的射击对象。

　　一切都很顺利。田原袭击了刚刚回家的美代子，美代子通知了警察。美代子没有直接打岗亭的电话，而是拨了110，这或许是川藤没有预料到的，但是距离最近的绿1岗亭还是接到了出动命令。到了现场，否定了暗示想等待支援的梶井，主张闯进去的不正是川藤吗？

　　刚刚进入田原家的时候，川藤手持警棍——如果他从一开始就拔枪的话一定会被我阻止。于是他在寻找田原的途中趁乱换成了枪。

　　在与我们对峙的时候，田原表现出了出人意料的成熟。虽然净讲些瞎话，但是没有要袭击我们的迹象。于是川藤大喊："住手吧！我是绿1岗亭！"

　　这一句话，如同暗语般立刻激怒了田原。

　　当时我听到几发子弹声？不知道。只记得是一连串的枪声。

　　应该是**四发**吧。川藤射出了所有的子弹，将白天的那发扔在脚下，用力将之踩入泥土里。这些事全都在一瞬间完成。

　　但是川藤失算了——他小看了人类的执著。

　　匕首割开了川藤的颈动脉，在大出血的时候，他喃喃说道：

“本不应该这样的，我明明做得很好，我明明做得很好……”

我问美代子，以前田原是否怀疑过她与警察有关系。美代子断言完全没有，直到那一天为止都只怀疑过自己与店里的男顾客。

我曾经于某个休息天，在岗亭对面的行道树上发现了伤痕——树干的一部分被刀刃割开，好像有人从里面拔出了一个扎得很深的东西。

隆博恐怕已经察觉到自己的弟弟做了些什么。我也得辞职了。

60号国道上来往着无数车辆，车上承载着一段段人生。那些人中，一定有天生就适合当警察的家伙。

这个岗亭里却有两个不适合当警察的男人。

这种日子里我特别憎恨禁烟的岗亭！

死人旅馆

一

当得知佐和子的下落之后,我立刻夺门而出。那是九月末一个延续着夏暑的日子。据说在栃木县八沟山的深山中,有一家不为人知的温泉旅馆。佐和子在那里做服务员。

旅馆附近没有地铁站。我稍稍查了一下,那里连公交车也没有。我已经好久没开车了,不过心想没关系,于是下定决心借了辆车。刚开始手有点生,待我摇摇晃晃地驶过市区,来到深绿的山中之后,就差不多适应了。

不知不觉,马路上的车道线消失了,也不见前后有其他车辆。我急了,不由得踩重了油门。根据事先研究好的地图,下了国道拐个弯之后应该就没有岔路了,不过实际一走才发现,向左向右都延伸着小马路。这条路真的对吗?前方真的是佐和子的所在地吗?我胡乱担心着。沿着慢坡有一片金黄色的田园,地里那些绿油油的东西应该是芋芳的叶子吧。家家户户屋顶上涂着的人工颜料,有些看着像是飘在天空中似的。我回过神来发现自己已经开到河边了，便看了一眼，感觉河流速度挺快的。

我好像已经来到了上游，能看见河上建着鱼梁。万里无云的天空洒下夏日般的强烈阳光，看来终于到捕捉香鱼的季节了。河的一部分用竹制的简易堰拦着，以此捕捉游往下游的香鱼。看河滩的宽度就能发现，这条河本应更宽一些，可能是在持续的晴暑之下水量变小了。鱼梁几乎与河同宽，在河滩上建有一座小屋，捕到的香鱼应该都用来招待食客了。即使是这样的大中午，在用粗草绳子简单隔开的停车场里也停着好几辆车。

我将车开向河滩。虽然没有品尝当季香鱼的心情，但我由于路途意外的遥远而担心了起来。鱼梁的主人是个皮肤被晒成土黄色的五十岁上下的男人，看上去并不亲切，但得知我不是客人之后也没有露出讨厌的表情。

"这条路是去那家旅馆的，"他试探性地朝我看了好几眼，这点让我无法释然，"大约一个小时就能到。"

我草草地道了谢，返回车里。

他说一个小时，其实根本不止。路越来越险峻，也越来越窄。村落的风景不知不觉已经落在了身后，我渐渐开始穿行于溪谷中。护栏消失了，路越走越高。只要稍微打错一点方向，我就会坠入谷底。紧张感贯穿于我僵直的体内，我用龟速转过一个又一个转角。鱼梁主人所说的一个小时是指走惯这条路的人吧。太阳躲入林间，周围开始发暗。现在还没到傍晚呢，我焦虑了起来，这样下去可能天黑之前到不了吧。

突然，我从林间隐约看见了红色的涂漆，不料眼前马上就出现了一座建筑物。先到的客人的车是红色的。这里一定是我的目的地了。终于到了，我松了口气，可能是因为方才的窄路令我太紧张了，发硬的肩膀突然疼了起来。

旅馆中有人走了出来，应该是听到了引擎声。

找了那么久也没能找到她，没想到重逢竟是如此简单——旅馆前站着身穿工作服的佐和子。

话说回来，真佩服在这种地方建旅馆的人。

下了车后往下看，发现山谷并没有那么深，自己和谷底溪流的垂直距离大概也就五米吧。不过到底是深山，把建材搬到此地一定很辛苦。这里连一整块平坦的土地都没有，旅馆随着地表向下倾斜。至于停车场，是一座用钢筋支撑的中空构造建筑。

两年没见，佐和子果然变了。她见了我一点也不吃惊，一句"哎呀，好久不见"算是迎接了我。过去的佐和子，哪怕恋人来到自己工作的地方，也只当他是普通客人。

现在离准备晚饭还早，旅馆应该正闲。我被带到了旅馆背面的会客室，而不是一般旅客的房间。这个放着无腿椅的六叠大小的房间好像已经很久没有人来过了，空荡荡的搁板上积着一层薄灰。

佐和子泡茶的手势很灵巧，看来她已经完全适应了这份工作。我一言不发。我凭着一颗想见佐和子的心来到此处，却想不出该对她说些什么。

佐和子喝了一口茶，笑着说：

"我想你总有一天会找来的。"

这个地址是在旅行社工作的朋友告诉我的。他认识佐和子，所以一眼就在温泉街的聚会中认出了她。应该是从那时起，佐和子就预感到我会找来了。

即使如此，佐和子也过于泰然了。和我最后见到的胆小的她判若两人。曾经的佐和子现在变得很奇怪。

我下定决心问：

"能不能回来？虽然可能无法复职，但我会想办法的。"

"嗯？"佐和子嘀咕了一声，"你会帮我？"

若无其事的一句话，深深刺痛了我。

我与佐和子是在有乐町的钢琴音乐会上认识的。本来我们各自约了朋友，结果朋友都没来，于是落单的我们有一搭没一搭地说上了话。

当时佐和子是私立大学的职员，我刚刚进证券交易所，正充满活力与干劲。我们都很年轻，相处得非常愉快。虽然我没有具体考虑过结婚，但觉得我们迟早会结婚的。

不过当我们交往一年之后，佐和子开始变得有些奇怪。

"我工作不太顺利。"

佐和子自嘲般歪着嘴说道。她觉得自己和上司性格不合。对此，我回应了一些大道理：

"无论在哪里都有讨人嫌的家伙，太在意的话你就输了。只能把那个家伙当成工作的一部分！"

后来，佐和子对我说过好几次相同的话。我每次都以同样的大道理来回应。我也和上司性格不合呀，所以一定是佐和子太稚嫩了，没错。

就这样，我忽视了佐和子的求助。

佐和子辞了职，切断一切人际关系，退了房子。包括我在内，所有人都没有对她施以援手。佐和子从没有拯救她的人面前消失了。

佐和子失踪后半年，她曾经就职的大学发生了一起丑闻——职员们受不了故意刁难、不停恫吓自己的上司，团结一致将其告上了法庭。名门大学的这起事件被杂志、电视嘲笑般地一报再报，而这些报道不停地责难着我的内心。佐和子所说既非夸张也非幼稚，她确实遭到了过分的欺凌。

然而我只知道讲大道理。我来到这里不正是想为此道歉吗？

　　"我一定会帮你。"

　　我的言外之意是"这一次一定会"。佐和子抿嘴一笑，没有说话。我提高了嗓门：

　　"将来的路还很长，你把自己关在这种深山老林，将来该如何是好？"

　　"是吗？"佐和子微微一晃头，说，"'这种深山老林'的说法还真过分，这里可是我的老家。"

　　我背脊一凉。

　　"呵呵，开玩笑的，是我叔叔的旅馆。你说我没有将来？其实这里很繁荣。这可是非常有名的温泉哦！"

　　这家旅馆赚不赚钱，与我无关。不过佐和子似乎误解了我的表情。

　　"真的，你没听说过吗？好像被报道过好几次。"

　　"没有。"

　　"那倒是，你是大忙人嘛，根本没时间看什么社会新闻。"

　　佐和子露出恶作剧般的表情。我从未见过这种表情。

　　"这家旅馆——不，其实是这个温泉经常发生命案。"佐和子用双手轻轻地包裹着茶杯，快乐地说着，"从这里往河滩走下去，有一处很容易积累火山毒气的凹地。每年都有一两个人死在那里。"

我咽了口口水。

"为什么这么危险的地方……"

"这样才好啊！我不是说了吗？这里是非常'有名'的温泉。"

然后佐和子像是要考验我的学识一般盯着我看。我说不出话——会死人的旅馆固然可怕，爽快地聊起这个话题的佐和子更令我目瞪口呆。

佐和子没有装模作样。

"在那些想自杀的人中，似乎评价很高哦。因为能死得轻松、美丽。托他们的福，观光时节之外游客也络绎不绝。实际上真的去吸毒气的人一年也没几个，除却那几个不付钱的也很值。而且许多客人都会豪吃一顿'最后的晚餐'。"

"……"

"我叔叔没有孩子，万一他有什么三长两短，这家旅馆就会转让给我。一家温泉旅馆是不错的财产吧？所以我不觉得自己没有将来——就算这里是'死人旅馆'也没关系。"

应该快要到工作的时间了，佐和子一下子站了起来，轻轻扭头对我说：

"听了刚才的话你还想住在这里吗？想的话我会给你优惠点的。"

二

我住的房间的门牌是"龙胆"。房间约十叠大，搁板上一只细颈花瓶里插着夹竹桃花。我以为是假花，一摸发现还很水灵，应该是不久前连枝割下的。虽然旅馆里还有其他服务员，但我总觉得这是佐和子特意为我摘的。

出门的时候光想着快点快点，结果什么过夜的东西都没带来。原本我没有打算要过夜，但是白天佐和子有工作，想好好聊天只能等晚上。

我发现纸拉门的外面有沙沙的响声，好奇地打开拉门，发现窗户贴着棵阔叶树，原来是树叶的摩擦声。下方的山谷应该就是风的通道。

我肆意地躺在房间里，早上出门的时候根本没有想到，今天是我久违了的休假。一旦放松下来，开车时积累的疲惫便一下子向我涌来。因此，擅自兴奋的神经害我无法好好休息。

好不容易才来温泉一次，我起身打算好好泡个澡。

这家旅馆是贴着山谷的坡道建造的，所以台阶特别多。大门在最高点，去其他地方都需下楼梯。台阶随着地形缓缓地向左或向右拐，用灰泥涂的白墙壁向下延伸望不到底，我甚至觉得这里不属于尘世。墙上挂着白铁皮的指示牌，涂漆快掉了，上面指着去室内温泉与露天温泉的路。天气很好，我选择了露天温泉。

在狭窄的走廊尽头，突然冒出一团黑发。一名穿着藏青色流水纹浴衣的女性从对面走来。她的头发湿着，应该是刚刚泡完澡。她发现了正对面的我便垂下头，尽量让脚底下的拖鞋不踩出声音从我身边穿过。虽然很美，但总觉得她有些阴郁。可能是因为听了佐和子讲的那些不吉利的话，先入为主了。

往下的阶梯比我想象的长，我还以为露天温泉是在谷底的河滩上呢，结果在不到谷底的地方发现了一张"温泉"的门帘。我钻了过去。更衣室的地板是用藤编的，门口没有拖鞋，里面应该没人吧。我不紧不慢地脱下衣服扔进竹筐，进入浴池。

来时我还在想这天究竟要热到什么时候，然而被风一吹感觉竟有些凉飕飕的，不知是因为秋季到了还是因为这里是深山。浴池的底部是用混凝土固定的砂石，池体本身用天然石拼搭而成，十分优雅别致。温泉基本属于透明色，稍许有点发黑。我大致用温泉将身上淋湿，便泡了进去。呼——我长叹一口气。今天真奇妙，我多少年没泡过温泉了？

树叶依然沙沙作响，还能听到吱吱的鸟叫声。因为温泉的位置高于溪流，所以能听到流水声。我怎么也不敢相信，自己从家中飞奔而出的那一幕发生在今天早上。

佐和子一声不吭地就消失了。我在心里一直祈祷她不要做傻事，希望她能幸福，只要这样我便满足。

可是当见到她、听到她的声音后，我的欲望便涌了出来：我想带她回去，虽然不知道能否成功。佐和子在这里确实变得开朗，也恢复了精力。我从没见过佐和子露出那样稳重、快乐的表情。她习惯了新的生活、找到了生存的价值，或许维持现状才是她最好的选择。

也就是说，想把佐和子带回去并非是在为她考虑，只不过是我单方面想和她破镜重圆罢了。

不过……

讲述这家旅馆发生的凄惨故事时，佐和子也太过于平静了。那些都是真的吗？这里真的是想自杀的人聚集的安乐死旅馆吗？听的时候我有点发憷，冷静下来想想应该不是真的。佐和子是在和我开玩笑吧？虽然不知道她的用意何在，可能是为了赶我走，不过这点考验我还是承受得住的。

温泉从角落里的竹筒中流进浴池。有一枚枯叶打着转飘了过来。还没到掉树叶的时节，可能是风把往年还没腐朽的叶子吹来了吧。我无意识地看着枯叶，不久它开始飘向一方，从靠近谷底的浴池边缘溢了出去。我保持只露出一个脑袋的姿势靠近那里，发现浴池边缘挂着一些小树枝、枯叶、纸片等。溢出的温泉就这样流向溪流。知道了这一点后，我都不太敢在露天温泉使用肥皂了呢。我哗啦啦地洗了下脸，打算离开露天温泉，待会儿再泡一下室内温泉。

正当我要起身时，进来了一名男性。他好像是学生，很年轻，而且很瘦。虽然我没有凝视别人裸体的癖好，不过他突起的肋骨很显眼。

他向我点头打招呼，我也向他示了意。不过他低下头之后就没有抬起来——看来那并不是默礼，只是单纯的俯首而已。

我泡完澡回来发现被子已经铺好了。

现在离晚饭时间还早，真是个尴尬的时间段。外面天色已经暗了下来，从窗口看出去，树木的间隙透不出一丝光。我感到穿着便服很拘束，于是换上了房间里的藏青色浴衣。

得知了佐和子过得挺好后，我开始担心起工作。今天本来应该加班的，我骗公司说父亲住院了，真惭愧。

我闲得无聊，便坐在窗边看着太阳西下的景色。我就这样坐着，大概坐了一个小时吧。

突然响起了敲门声。我想一定是佐和子。她应该正在工作呀，我觉着奇怪，小跑到门口开了门，果然是佐和子。她穿着工作服，和刚才不同，脸上温和的笑容不见了。

"现在有时间吗？"

我本想问她工作不要紧吗，想想还是咽下了，不能白白浪费这个聊天的机会。

"当然，请进。"

佐和子点点头，进入房间。她走在榻榻米上的样子十分优雅，我马上意识到这是她学会的"工作走法"。我和她隔着张小桌子面对面坐下。佐和子一定是有事找我，不过在这之前我必须先告诉她。

"总而言之……"我如此开头，"看到你过得挺好，人也挺精神的，太好了。"

"什么呀？怎么突然说这些？"

佐和子僵硬的脸上突然露出了一丝腼腆的笑容。然而我没有笑。

"这是人之常情吧。直到前天为止，我都不知道你身在何处、是生是死。刚才我太吃惊了，所以忘了说。总之太好了。"

佐和子稍稍低了下头。

"谢谢，我很高兴。当时我一声不吭就走了，也难免会令你担心。不过我从一开始就没有想不开，虽然丢了工作，但我想总有办法的。很意外吧，我可是个乐天派。"

两年前，我怎么也没看出她的乐天气质。当时她意志消沉，而我只是批评她还不够努力。失踪之后，我才意识到她是真的无计可施了。

"当时我什么忙也没帮上，自以为是，断定你遇到的都不是什么大问题。不仅没帮到你，甚至令你更苦恼。我真蠢……请原谅我！"

这是我一直憋在心里的话。虽然不知道佐和子能否原谅我，但是我必须为此而道歉——在她最痛苦的时候没能支持她。

佐和子用有些冷漠的语调说：

"其实当时我也没怎么期待，毕竟对你而言是别人的事嘛。"

"佐和子，我没有那样想……"

"算了，都是过去的事情了。现在呢？你刚刚说，以前没能帮助我，对吧？"

我点头。

"也就是说，现在的你会帮助我？"

我再点头。

"只帮助我？还是说你变成了一个乐于助人的人？"

我没能立马点头。为了补偿佐和子，为了能和她重新开始，我承诺愿意帮助佐和子。但是能不能说我变成了一个愿意帮助任何人的富有同情心的人呢？

我不这样认为。在城市中，我雁过拔毛地排挤他人，这样的我不可能成为正人君子。

"当然不是对任何人、任何事。但是自从你消失后……"我组织着语言，"我学会了有时比起理性更应该注重感性。"

佐和子听着眯起眼睛。好像有点高兴，同时也在质疑。

"那就足够了。"

说着，佐和子把手伸入怀中。她拿出一只信封——没有收件人，也没有寄件人，雪白的信封。我先预感到大事不妙，然后想起了佐和子说的"死人旅馆"的故事。

"你脑子聪明，帮帮我吧。"

佐和子把信封放在桌上。我很不想拿起那只信封，我已经猜到那是什么了。

"这……"

"四点的时候我去打扫露天温泉，发现它掉在更衣篮里，心想又来了！这种白色信封以前我也见过，不过这是第一次在更衣室见到。然后我确认了一下，发现至少现在客人们都安然无恙。"

"那么？"

佐和子浅浅地叹了口气。

"也就是说，这是遗失的遗书。有人正准备

自杀。"

佐和子把信封推给我，让我看。我踌躇着打开。

字体工整得像印刷出来的，行间留着些间距，写满了一整张信纸。

做出这种恩将仇报的事，我没有脸面对大家。

我恬不知耻地活着，让大家看尽了笑话。今天终于到两年了，我总算可以做个了断了。

关于还债的事就拜托佐藤先生了。

也给旅馆的各位添麻烦了。在我生命的最后，感谢你们的热情款待。这是我这几年度过的唯一安详的时光。我的包里有只褐色信封，里面的钱请当作住宿费收下。

以后，也许有人会问起我死于哪天，请务必为我证实是今天，那样我就没有遗憾了。

好安静。

终于能够离开这个人间地狱了，一想到此我就感到安心。

果然是封遗书。

三

在证券公司之类的地方工作，不会觉得自己和自杀无缘。我认识好几个由于亏损而自杀的人。只不过这是我第一次见到遗书。

我看着遗书，问道：

"今天有几个客人？"

佐和子马上回答：

"三个。年轻的男性、长发消瘦的女性、紫色短发的女性。"

"我见过两个。"

在去露天温泉的时候，我和长发女性擦肩而过；在我泡完澡的时候，那个年轻男性进入了温泉。

"你刚才说确认过他们的安全了，所有人都在自己房间吗？"

"两个人在。紫发的女性在自己的车里听歌，就是门口那辆红色的车。"

"哦，我记得。"

遗书中提到住宿费的问题，所以想死的应该不是这里的服务员。除我之外的三个客人中，有人把遗书弄丢了。

我抬起头。

"我看还是报警比较好吧？"

没想到佐和子目不转睛地盯着我看。那目光十分冷漠，好像看透了我的心。

糟了！如果她认为我只是怕麻烦的话，恐怕再也不会回到我身边了。我突然明白了，佐和子或许是想拯救那个写遗书的人，顺便也试探一下我。

不过，我并不是为了敷衍、逃避责任而这么说的。

"毕竟人命关天，万一出了什么事还是得有个能够制止的人在。"

"警察不肯来，"佐和子叹着气说，"每次都是这样。如果真的有人死了他们当然会过来。不过现在什么都还没发生。"

从她的语气能够推测，过去也发生过类似的事情。确实，现在不过才发现了一封遗书而已。

如果警察靠不住，该怎么办才好？不可能直接去问那三名客人"是你掉的遗书吗"，对无关的俩人来说太不吉利了。即使这里真的被称为"死人旅馆"，也不能以这种态度接待客人。

"能不能监视积聚毒气的凹地？"

佐和子摇摇头。

"如果保持距离待在安全地带的话，四周都是树林，谁来了也看不清。"

"笔迹呢？这里有旅馆登记簿吗？"

"他们在登记簿上都写得很潦草。无法和这么工整的字作对比。"

"那么让我不露声色地见一下这三个人。"

佐和子点着头匆匆站了起来。

"没问题，你等一下。"

十几分钟后，我穿着工作服，跟在佐和子身后穿梭于走廊上。我假装是旅馆的工作人员，打算若无其事地观察他们三个人。我想学佐和子快而不失稳重的步伐，却净学成了怪动作。于是我便放弃了，干脆装成不熟练的新人。在挂着"蹰躅"门牌的房间前，佐和子转过头说：

"千万别说不该说的话，也别死盯着看。"

"我知道。"

佐和子点了点头，敲响房门。

"打扰了，我是服务员。"

没有回应。当我以为屋里没人的时候才传来一声低沉的声音。

"嗯。"

听到应门声，佐和子拿出怀中的钥匙打开门锁。在铺着木地板的脱鞋处，移门关着。佐和子跪坐在门框边，拉开移门。

这间房里的是消瘦的女人。虽然她试着露出礼貌性的微笑，可是浑浊的眼中显然带着忧郁。刚才她和我擦肩而过的时候头发还是湿的，现在看上去已经全干了。

跟对待我的态度截然不同，佐和子用开朗的语调问：

"抱歉打扰您休息了。关于晚餐，今晚的红点鲑特别好，所以厨师长想知道您是喜欢油炸还是喜欢盐烤？"

"哦，原来如此。"

我在佐和子的后方跪坐着，尽量含蓄又快速地环视了房内一周。可能是因为和我所住的"龙胆"很近，这里也能听到树叶的沙沙声。

这个女人在一问一答的过程中显得很安心。如果她看上去像在担心别的什么事的话，肯定是我多虑了。

"请做成盐烤的吧。"

"明白了，我们马上准备，请稍等片刻。"

佐和子含笑说完，郑重而十分轻松地关上了移门。我真正看到"踯躅"房间的时间，不过十几秒。

走出房间，佐和子小声问我：

"怎么样？"

虽然时间很短，但我有所发现。我看着关上的门，轻声道：

"桌子上有信纸，不过没看到笔。"

信纸是白色的，至于是不是和遗书相同的信纸就不得而知了。

第二间房门口挂着"木莲"的门牌。

和"踯躅"相同，佐和子先敲敲门，等有人应声了再开门进去。通过应门声就能知道，这间房里住的是那个男人。我在露天温泉看到过他突起的肋骨，现在这样重新审视他，发现他脸上也瘦得皮包骨头。他的脸色很差，怎么看都像病人似的，很不健康。佐和子重复了一遍在"踯躅"时的开场白，然后问：

"厨师长想知道您是喜欢油炸还是喜欢盐烤？"

这也是跟刚才相同的问题。他想也没想就回答：

"请做成盐烤。"

他的声音中明显带着掩饰不住的不满。流水纹的浴衣被乱扔在地上，和他一点也不配的运动包几乎被倒着丢在房间的角落里。他看都没看佐和子一眼。

"明白了。"

面对俯首的佐和子，这名男子直截了当地说：

"如果还有其他什么事的话，请不要直接过来，打电话给我可以吗？这不是有电话吗？"

房间里确实配有电话。佐和子用手捂住了嘴。

"十分抱歉！以后会用电话联络您的。我也会叮嘱其他工作人员，请好好休息。"

"拜托了哦。"

走出房间，佐和子用疑问的眼神望向我。我摇了摇头。写遗书所需要的信封、信纸、笔，一样都没发现。

虽然没告诉佐和子，但我对这名男性的印象发生了改变。

在温泉见到的时候还以为他是学生，在房间见过之后，觉得他的年纪应该更大一些。可能超过二十五岁，也可能超过三十岁。

第三间房是"胡桃"。

这间房再怎么敲门也没人应声。佐和子头一歪说："可能还在车子里吧。"刚转身，就听到一声迟缓的"嗯"。

与长发的女人、年轻的男人相比，"胡桃"这间房的主人身材匀称，虽然看上去没什么朝气，但应该正懒散无聊着。如同佐和子所说，她的紫发首先映入眼帘。仔细一瞧，发现她在这样的深山里还精心化着妆：眼影很浓、睫毛向上翘、脖子上挂着耳机。

"厨师长想知道您是喜欢油炸还是喜欢盐烤？"

她对这个问题表示质疑。

"咦？我记得菜单上写的是'盐烤红点鲑'呀。"

"没错，不过今天的鱼特别好，厨师长异常有干劲。"

"哦。"

她哼了一声，明显不认可。佐和子一点也没有动摇，胆子真大。

　　"算了，我是预付了房费的，别换做法了吧。"

　　"那么就盐烤是吧？明白了。"

　　客人在怀疑我们，因此偷偷环视房内很难。不过我看到她的白底樱花图案浴衣挂在横梁上，还看到一只大大的行李箱横躺在榻榻米上。

　　我发现她的桌上有一本书，是本很厚的书。书脊对着我，但是隔得太远看不清书名，应该是《××的方法》之类的书。

　　走出房间，佐和子问我怎么样，我坦白地回答："很可疑。"

　　"是吗？"

　　"还不知道，不过你注意到她的手腕了吗？"

　　"哦，原来是那里。"

　　看来佐和子也注意到了。紫发女人的手腕处有好几道伤痕。

四

　　我们回到"龙胆"，再次面对面坐下。

　　靠第一印象评价人的本领，是受工作所迫学会的。不过只靠第一印象就评价人是错误的。我沉默了一会儿。

打破沉默的是佐和子。

"刚才你说见过三人中的俩人吧？是在哪里？"

"哦，对。"

我没有注意到这一点，看来自己果然是受惊了。

"和'踯躅'房间的女性是在通往露天温泉的走廊上擦肩而过的。泡完澡，刚想出浴的时候碰见了'木莲'房间的男性。遗书是在露天温泉找到的吧？"我记得她说"掉在更衣篮里"，"我泡澡的时候，并没有发现信封——但是我看得不仔细。"

我边说边发现问题。

"露天温泉只有一个吗？"

"是啊。"

"怎么区分男女？如果规定今天是男澡堂的话……"

假如遗书是今天掉的话，那么就一定是"木莲"房的男性了。

但是佐和子摇了摇头。

"一般我们会在客人入住的时候说明，露天温泉是男女混浴的。客人多的日子会在更衣室设置一架屏风……毕竟这里是老式旅馆。"

也就是说，刚洗完头的女人在我去温泉之前应该都在那边。不过也有可能她泡的是室内温泉。

"信封是从什么时候开始放在那边的？"

把它称为"遗书"总觉得很忌讳，所以我还是称之为"信封"。

"他们三个都是昨天才来的客人。露天温泉每天下午四点开始打扫，昨天没有发现。"

"从昨天四点到今天四点的这段时间啊……"

时间跨度太大，无法确定。每个人都有可能弄丢遗书。

遗书现在放在桌子上。信封很无趣，上面没写"遗书"二字，也没写其他什么。连邮编的红色方框都没有。虽然这只信封很特殊，但是我不可能去找卖这只信封的店家。我盯着看了一会儿，发现信封的留白与遗书的内容十分做作。

"这个真的是不小心弄丢的吗？"

我喃喃道。

佐和子答不上来，我继续说。

"把如此重要的东西带去露天温泉的举动就很怪，更不要说弄丢了，简直无法按常理来思考。应该是故意想让人找到才放在那里的吧。"我越说越觉得是真的，"可能这个人一开始就不打算自杀，只是为了让别人发现这封遗书博取同情罢了。丢在露天温泉的话一定会被发现，信封留白也是为了引人注目。"

假设这封遗书是假的，甚至是一个恶意的玩笑……

"如果信中所写皆属虚假，那么提到的住宿费问题也不可以相信。写这封信的人根本就不打算付住宿费，也可能是不需要付住宿费的人……就是旅馆的工作人员。"

至少应该不是佐和子。我认得佐和子的字。她的字有些圆润，看上去很柔和。遗书上的字工整得像是印刷品，没有一个潦草字，感觉没什么人情味。即使两年前失踪的佐和子性格变了，字也不可能变。

"如果信是真的，那就是住'木莲'的那个男人了。"

"哦？为什么？"

我回应道：

"一开始我以为是住'胡桃'的女人。她看起来不会替别人考虑，手腕上的伤痕应该是为了引起注意而自残的。但是遗书的内容太正经，没有悲剧色彩，不像是她。遗书的字里行间没有一丝感伤，我感觉像是男性写的。"

我拿起信封，抽出遗书，看着字迹，越发觉得工整过头的字应该是那个神经兮兮的男人写的。

"不过，即使是开玩笑也有可能变得无法收场，抑或是碰巧真的死了。保险起见，还是多留点心吧。"

我抬起头正想告诉她我会努力帮她留意的，可那一刹那我惊呆了。

转瞬间佐和子似乎老了十岁。她浑身无力地耷拉着头，疑惑地看着我。这并不是我第一次见她这样——两年前失踪之前，她也是这副疲态。

她开口说道：

"这就是你的答案吗？"

"……"

"你说自己变了，但似乎并不是这样。"

我毫不犹豫地反驳：

"不，两年前的我不可能为了别人的遗书而绞尽脑汁。"

可是佐和子笑了，冷冷的、干涩的笑容。

"也许吧，但就结果而言不是一样吗？"

"才不是呢！"

"你不是说了吗？'简直无法按常理来思考'。你的意思是，'按常理来思考'的话，这封遗书就是假的对吧？"

"没错。"

然后我才发现，自己说了和两年前一样的话。

"看到你，我觉得很怀念，才想借助你的力量，不过我错了。你一定是对的，这封遗书是假的……我也真心希望它是假的。"

说完佐和子就站了起来，最后抛下一句"我还有工作，就此告辞"便将我和遗书留在了房内。

刚刚窗外好像刮了一阵大风，树叶的沙沙声充斥在房间里。

两年前，我眼睁睁地看着佐和子因与上司不合而苦恼，按常理来思考她应该忍耐，于是我如此谏言。因为按照常理，社会上不会有那么过分、讨人嫌的人。所以我将佐和子的诉苦当成了她涉世不深的抱怨。

然后，我才痛知自己错了。我理应知错能改。

但是现在的我对佐和子说："按常理来思考的话，这个人并不痛苦。"这不是和两年前一样了吗？我不认为自己的推测是乱七八糟、毫无逻辑的。将遗书忘在更衣篮里，确实是无法想象的。

可我不是已经学会了"无法想象"不代表"不会发生"吗？

任何事都有可能会发生。如果每种可能性都考虑的话就是杞人忧天了。只有合理地思考，排除所有不可能才能过正常生活。可是，我不久之前对佐和子说过……有时比起理性更应该注重感性。

我看着眼前的遗书，内容或真或假。这里是以能够安乐死而闻名的"死人旅馆"。而佐和子恐怕这两年看到过好几个人了断自己的性命了吧。

我错了。如果是帮别人的话另当别论。但至少在今晚，我应该为了佐和子，更加认真积极地想办法。

我狠狠地盯着遗书，盯着遗书上的内容。我就当写这封遗书的人马上就要寻死。

终于，我看出了些端倪。

比如文末，信纸的最后写着"好安静"。如果这是写遗书的人的真实感受，那么我有一番推论。

虽然偶尔才会注意到，但是树叶的沙沙声一直充斥在"龙胆"这间房里。至少这里不能算"安静"。刚才我去三个客人的房间时，发现也有树叶沙沙声的是"踯躅"。如果写遗书的人想表达的是完全"安静"之意，那就能够排除住"踯躅"的女性。

接下去还有。

遗书中写到给旅馆添麻烦了，说包里有只褐色信封，里面的钱是住宿费。也就是说此人的房里有褐色信封，也有放褐色信封的包。"木莲"的房内，有一只和脸色很差的主人一点也不配的运动包；"胡桃"的房内，有一只行李箱。唯独"踯躅"那间没有类似于包的东西。

再说一下钱的问题。

当问及"胡桃"的女性红点鲑的做法时，她说了句：记得菜单上写的是盐烤红点鲑，自己是预付了房费的，就别换做法了吧。如果说自己准备了一只放着钱的褐色信封，应该是后付房费的人吧？

综上所述……

我沉思了一会儿。

对照着遗书，我回忆来到这家旅馆之后的所见所闻，试着发现其中的奥秘。

然后我终于得出结论：我的所有发现都毫无意义。

"踯躅"虽然回荡着树叶的沙沙声，但未必房内的女性不认为"很安静"。写遗书的时候或许碰巧风停了，真的很安静。而且这里的"安静"是与城市的喧嚣形成的对比，这么一点大自然的声音应该根本不算什么。当然也有可能只是指一种"逃离纷杂人际关系内心很平静"的感觉。

关于包的推断就更站不住脚了。我从跪坐于门框边的佐和子后方，只观察了十几秒而已。没看见"踯躅"的房内有包，就能断定那名女性没有带包来吗？包或许在我视野的死角，或许在壁橱里。这样推断真不靠谱。

关于钱也一样。住"胡桃"的女人或许并非支付了房费的全部，而是一部分；也可能支付了全部，但是觉得死在这里很抱歉，所以额外准备了一些钱款。这样的话，这部分钱款就不应该写成"住宿费"，而是"补偿费"——这只是按常理来思考的情况，但我已经决定不再死脑筋了。

不能以"应该是这样"来推测，如果这真的是遗书，我必须百分百确定是谁写的。

但是，我做得到吗？

不知不觉，外面的天已经黑了。白天的天气跟夏天似的，天黑的速度却像秋天。在灯光的照射下，我目不转睛地看着遗书。

信中写道："今天终于到两年了。"

看着看着，我渐渐觉得，这会不会是佐和子的遗书？佐和子在职场受欺、突然销声匿迹正是两年前的事。

不过，那是两年前的冬天——空气干燥透顶，当我感冒了还连日赶着堆积如山的工作时，佐和子的朋友打来一个电话："你知道佐和子去哪儿了吗？"我清晰地记得从那天起，连同寒冷，有好几天失常的生活。所以准确地说，今天并非刚好两年……不，说不定九月的这一天对佐和子而言是非常特殊的日子。

我转念一想，果然还是把佐和子给排除了。如果是她写的，是她发自肺腑的遗言，那么她为什么会说是捡到的而来找我商量呢？即使要考虑所有非同寻常的情况，但如果佐和子真那么拐弯抹角的话，我一定也束手无策了。

如果写遗书的是三个客人之一，两年前到底发生了什么？我放弃严谨的逻辑，开始推测。

我认为是欠债。从"恩将仇报"这个词推测，此人应该是找了个担保人，然后背信弃义了。由于工作关系，我见过好几个逃避债务的人。经受煎熬、隐忍度日，终于过了两年……

想到这儿，我停止了推测。

两年代表着什么？为什么过了两年就可以"做个了断"了呢？

而且，有一个信息我理解错了。写遗书的人并非只痛苦了两年。在旅馆受到的热情款待，是此人"这几年度过的唯一安详的时光"。如果此人一直以来过的生活都没有"安详"过，一直生活在"人间地狱"里，那么两年所指的到底是什么？**为什么一直都没有死，过了两年才打算死**？

看样子，这个人十分重视死亡的日期。"今天终于到两年了""也许有人会问起我死于哪天"。此人早就想死了，但是不到两年不能死。

为什么？

"啊，原来如此。"

恰当的提问引出了恰当的答案。当我思考两年这个年限与自杀有什么关联的时候，一下子云开雾散了。

如今，答案非常明显。我喃喃道：

"是**保险**。"

上了人寿保险，一旦被保人死亡，受益人将得到保金。但是刚上保险就自杀的话，保险不成立。一般保险有一段免责期，在此期间自杀也拿不到保金。

免责期根据合同变化，有的一年，有的三年。

当然，也有两年。

这个人等待免责期的两年过去，今天终于到日子了，所以打算自杀拿保金来还债，结束多年的"人间地狱"般的生活。

但是，仅仅自杀的话，也有可能拿不到保金。即使尸体在那天被发现，但若判定死亡日期为几天前的话，就属于免责期了。必须得避免这一点才行。所以需要证人来告诉大家，这个人到哪天为止还活着。"也许有人会问起我死于哪天，请务必为我证实是今天，那样我就没有遗憾了"……

当然，这也不过只是推测罢了。或许此人有某种特殊的信仰，从某天算起的两年内是不允许自杀的。如此拘泥于自己的忌日，可能只是因为从小接受特殊信仰的教育而已。但是这次的推测与声音、包、钱不同，得出了一个严谨的结论。

我挺直身子，猛地瞪着遗书。

没错，这封遗书缺少决定性的信息。

姓名与**日期**。

光看这些内容，无法确定自杀的人是谁，今天是几月几号。既然对写遗书的人而言免责期很重要，那么"今天"这个死亡日具体是哪天也至关重要。为什么会没有呢？

错不了，**遗书一定不止这一张**。

或前或后，也许是前后皆有内容。一般写信

的时候，会把日期、收件人信息、自己的名字写在最后。这张信纸写到了最后一行，所以应该还有下一页。

如果捡到的只是遗书中的某一页，那么剩余的去哪儿了？

"是写错了吧？"

遗书并不是事先在家里写好的，而是在这家旅馆里写的，不然不可能会提到旅馆的热情款待。

而且，这封遗书的字迹过于认真了。这个人很注重字迹的好坏，这点不是胡乱猜测。谁都不想在人生的最后留下写错的信件。

这个人在旅馆的某间房内写遗书。第一张写得很好，可是另外一张或是几张有不满意的地方。那么当然得重写。写错的信纸唯有扔掉。

如果是自己的房间，只要把写错的信纸捏成团扔进垃圾箱即可。可这里是旅馆。如果扔在垃圾箱里，第二天旅馆的工作人员会来回收。如果不想被任何人看到自己写错的遗书，用火烧就能完全销毁。没有火的话……水也行。

我站了起来。来不及穿拖鞋就飞奔到走廊。

幸好，佐和子就在附近。我逮住了佐和子——她正端着放有香喷喷的烤红点鲑以及各种山珍的食案往各家各户送去。她看到我，没给我什么好脸色。但是现在这只是小事。

三个房客中，到底是谁写的遗书？不用靠推测，也不用靠狭隘的常识来判断，最好、最实际的方法是看落款姓名。只要知道扔遗书的地方，就有可能找到遗书。我面向佐和子，几乎喊了出来：

"鱼梁！**扔在河里的写错的信纸**上可能有姓名！"

佐和子睁圆双眼，什么话也说不出。

五

事后我怎么想也不知道当时的自己为何那么卖力。

太阳当空时提心吊胆般开过的山路，我在夜间飞驰而过。来时感觉路漫漫，其实旅馆与鱼梁间的距离非常近，可谓近在咫尺。

鱼梁的主人由佐和子进行联系。

"哦？救人？当心自己别被冲走哪。"

对于鱼梁主人愕然的反应，我没有搭腔，而是转身踏上鱼梁。若是出了山谷就有月光，在这里鱼梁主人用观光用的投光灯帮我照明。没想到我要找的东西竟一下子就找到了。白色信纸的碎片挂在捕获香鱼的鱼梁上。可能是久旱的缘故，鱼梁撑满了整条河的宽度。正如我预测的——鱼梁拦住河中物品的概率非常高。

写遗书的人，将写错的信纸撕碎弃河。不用特地来河滩，只要在露天温泉里冲走即可。我在露天温泉泡澡的时候，发现浴池的边缘挂着碎纸片。当时以为那只是垃圾罢了，当我想到写错的遗书应该是被扔了，马上就直觉到那些碎纸片是遗书。很难想象浴池中还留有其他的碎纸。如果有的话，佐和子在清扫的时候一定会发现。所以写错的遗书大部分都被水冲走了。流进河里会怎样？我马上就想起了鱼梁。

纸片中的一枚，写的像是名字。虽然被水浸湿了，但也不是完全认不出字。当我发现"丸田"这个姓之后，立马给佐和子打了个电话。

"客人中有没有叫丸田的？"

我能听出佐和子在电话那头大吃了一惊。

"'木莲'的房客就叫丸田。"

"就是他！他应该准备在今晚动手。我马上回来，看着他！"

住在"木莲"那间房、名叫丸田祐司的客人已经察觉到，自己担心放在房内被别人看见而随身携带的遗书不知道忘在哪里了。他被一种"必须得死"的强迫观念以及不知遗书掉在哪里的不安感逼得走投无路。我和佐和子拿着白色的信封造访"木莲"时，他凹陷的双目噙着泪水，不知为何一个劲地向我们道歉：

“对不起！对不起……”

他真正想道歉的对象是谁？我不得而知。不过，他见我们拿着遗书前来，明显露出了安心的表情。我想他应该是在等待谁来阻止他吧——不过这只是“按常理”的推测罢了。

第二天早晨，我穿着浴衣吃早餐时，佐和子突然来到我的房间。她为自己打扰了我吃饭而感到过意不去，不过我已经吃得差不多了，接下去只要喝点茶就行了。

我很在意结局，于是问：

“丸田先生怎么样了？”

“他回去了，并托我向你道谢。”

我做了他需要感谢的事？我并不是为了救他。一开始，我只是为了向佐和子证明自己变了。而最后，我是受了什么刺激？我也不知道。不过，今天早上我的心情的确十分愉快。

“我很高兴。”

“什么？”

“我很高兴——我是为了说这句话而来的。昨天晚上没能这么说。”

佐和子身着工作服跪坐着，微微朝我俯首。

“哦，对，能够阻止他太好了。”

“不对，我不是说这个。”佐和子抬起头，看着我。她的眼眶湿润了。"因为你什么也没有问。"

"什么也没有问？我问了好多呢。"

"不，对不起。准确地说，是你没有问某些事……你没有问我为什么一定要救想死的人。"

"啊。"我不小心漏出一声。

我确实没有这么问，经她一提醒的确是。我并没打算拯救丸田这个人的人生。他因钱困苦，但是我没有施舍给他一分钱；虽然昨天阻止了他，只要他有理由，肯定还会想自杀。

在昨晚，我想如果那真的是遗书，就必须得阻止这个人自杀。我一点也不觉得这件事和我毫无关系。

"真是不可思议啊。"佐和子继续说，"这两年，你果然也变了。"

"或许吧。"

从窗外传来某些声音——这次不是树叶的沙沙声，好像是有人在说话。虽然听不清在说什么，但是声音铿锵有力。我把头转向声音的方向。

"一大早的，真有活力啊。"

佐和子没有搭腔。

我集中精神，渐渐地能听清了。应该不止一个人，有好几个男人的声音。是新来的客人？

我刚这么想，就听到一个格外尖的叫声。

"蠢货！抬高点！要是毒气出来了我们都得

遭殃！"

听到这个叫声，我和佐和子都震惊地回过头来。

佐和子缓缓地说：

"没办法的，这种情况……嗯……"

"……"

"住'胡桃'的女人死了。遗书上说，她要追随自己的恋人……"

现在，外面已经是一片怒吼了。

"轻点！我说轻一点！"

"还活着？喂！还有呼吸吗？"

"谁知道啊！救护车还没到？"

佐和子说：

"不可能救得过来。她应该足足吸了一夜的毒气。"

"怎么会……"

我失言了，跑向窗边，打开拉窗，用手搭着窗口。深山初秋的清新空气钻进屋子。

真巧，担架正从窗下的那条路被抬上来。紫色头发，再加上……

"哎呀！"

我脱口叫出。

一动不动的她穿着浴衣——白底上有星星点点樱花图案的浴衣。

这家旅馆的浴衣是藏青色流水纹。为什么**唯独**

她的房内放着不一样的浴衣？

我没有发现，明明应该能发现的。

"原来那是寿衣，她为了能在死的时候穿……"

有只手搭在了我的背上，那是只温暖、温柔的手。

"没关系，任谁都无能为力呀。"

秋风瑟瑟。

有个男人恶狠狠地骂了一句，我听得格外清晰：

"妈的，该死的死人旅馆！这下生意一定更兴隆了！"

石 榴

一、纱 织

虽然我父母的长相都没有好到夺人眼球，但据说外婆年轻时的相貌可谓倾国倾城。许多亲戚见到年幼的我，都说我长得像外婆。于是，我长成了个小美人。人们夸我漂亮，我自己也引以为豪，并且从不懈怠于打扮。

升上初中，大家都开始注意到优美姿容的重要性，于是我集万众瞩目于一身。往往我还没说出口，就有三四个女生在揣摩我的想法了。我能感受到男生们向我投来的眼神时而热情，时而绵柔。刚开始，我充分享受着这种虚荣，幸好中途察觉到其背后的危险。当我看见自己的"随从们"都傲慢起来之后，便开始约束自己。由此，我获得了一项美誉：不高傲自大的美人。

我和佐原成海是在大学的研究班上认识的。他并不帅，穿着也不高档，但是一旦与他交谈过，就会被他动听的声音与全神贯注的模样所吸引。谁都无法抗拒他的魅力，我也深深地被他神奇的语调迷住了。

在研究班上，不断上演着以他为中心的暗斗。流言与中伤是排挤对手的手段，每个人都在伺机下手或试图诱惑他。败者将遭到蔑视，有人甚至不堪精神重负而退学。研究室里整天都死气沉沉的，令人觉得那些不相干的男生很可怜。

　　我对自己有信心。我不是第一次和别的女人争男人，而且也从未输过。首先，我显然比任何竞争者都漂亮。其次，我懂得小心躲避圈套。其实以我的智慧足以设计圈套。在大学遭同性讨厌要比初中高中轻松得多。结果我脱颖而出，击败了所有对手，还没毕业就和成海订了婚。

　　妈妈很赞成我们的婚事——她向来就很少反对我的决定。我把成海带给她见了一下，连她都变身为成海的"信奉者"了。

　　"真是个不错的小伙子，"妈妈说，"我一直都认为你一定能找到个好对象的。别等毕业了，快和他结婚吧。"

　　可是，爸爸的态度截然不同。他是个沉默的人，当时却断断续续地劝了我好几个小时。

　　"这个人不行，你得重新考虑。"

　　我以为爸爸的反对和天底下所有不愿让女儿出嫁的父亲是同样的。爸爸并不是第一个认为成海不好的男性。可以说几乎所有的男性都讨厌成海。我看出了这一点，但只当成是嫉妒。反过来说，任何一个男性都不可能像成海那么有魅力。当时我想，爸爸果然也不例外。

佐原成海是我的奖杯。我在竞争那样激烈的情况下赢得的荣誉，不可能不好。我没有反驳爸爸。他拼尽全力饱含深情对我说出的忠告，都被我当耳旁风了。在得知我怀孕之前，爸爸都没有放弃。

结婚仪式顺利举行。爸爸没有把不愉快带到喜庆的席间；至于可能会闹事的友人，我一开始就没邀请。我怀孕已经快六个月了，但是从准备结婚仪式到新婚旅行，身体并无大碍。

生完第一个女儿之后，在病房里看见的夕阳嫣红得令我难以忘怀。很意外，丈夫有古典的一面，他用温柔的语调，对本想给女儿取个时髦名字的我说：

"怎么能不把这么美的天空当作对孩子最初的记忆呢？"

于是，大女儿的名字叫"夕子"。

两年后，我生下第二胎。半夜里，我突然感觉要生了，但是家里只有我和两岁的夕子。好不容易来到医院，却难产，等生完都已经天亮了。病房里看见的天空泛着鱼肚白，满月显得分外清澈。于是我给小女儿取名为"月子"。

一个人分娩很不安，留在家中的夕子更是让我担心。但是这一天，成海没有出现。

这天早晨，我首度觉得和成海度过的人生很有问题。

有了两个女儿，我发现了自己的另一副面孔。

我不敢相信自己过去曾经是个仗着漂亮就随意玩弄别人的女人，现在的我深爱着自己的女儿。就像水从闸门紧关的水库中溢出一般，我对女儿的爱无穷无尽。

我所剩无几的朋友们嘲笑我的变化。

"说真的，没想到原来你也是有感情的。"

对于这样的评论，我一笑了之。因为我也是这么想的。

当然，我并没把女儿们当宠物养。该骂的时候就狠狠地骂，打也打过好几次。我也是人，身体状况与情绪都会有起伏。当我对抚养孩子与维持生计感到疲惫不堪时，也会对女儿乱发脾气。

记得有一次，她们都还在上幼儿园，晚饭吃了些什么我已经记不清了，但肯定有胡萝卜。夕子绝不说自己不爱吃什么，但看她的吃法，大抵能猜到。

当时我在一家房地产管理公司做文员。我做过好几份工作，但是从未碰到过这么讨厌的环境。有一个脸上涂满粉底的打工女总是说些挖苦人的话。那天，我只是穿了双比往常更高的高跟鞋，就被她说成："有了孩子还这么招摇，这个人一定不顾孩子，晚上也在外面玩吧！"我很生气，回家之后还气得手发抖。

夕子没有错，有不喜欢吃的东西很正常。即使是我，如果有其他食物，我也不会主动去吃胡萝卜。而且夕子只是微微皱了皱眉，就默默地吃下了胡萝卜。然而，我却火了。

"别摆着张臭脸！不喜欢的话以后别吃！"

我猛拍桌子怒吼道，桌上的盘子都跳了起来。骂完我便把自己关进了屋子。

屋内铺着母子三人的被子，我没有开灯，独自在黑暗中抽泣着。在公司被指手画脚已经无所谓了，只是觉得自己连这么一点小事都挺不过去，很没出息。真是个差劲的母亲啊！我像个孩子般抱膝蹲坐着，突然，房内射入一道光线。我察觉到背后的隔门开了。

"妈妈……"

是夕子的声音。

"妈妈……"

接着是口齿不清的月子的声音。

我没回头。

无缘无故被骂一顿，女儿是怎么想的？是不是吓坏了，恨死我了？我抬不起头。我只知道为自己考虑，甚至没听到女儿们抽抽搭搭的哭泣声。我沉默着保持姿势，听到夕子放声大喊——不知道那副小小的躯体是如何发出的：

"很好吃！"

我吓了一跳，回头一看，只见一把鼻涕一把泪哭得不像样的夕子笔直站着——明明打开了隔门，却没打算跨入门槛，只是扯开嗓子大喊：

"很好吃！妈妈做的饭，很好吃！我还想吃！"

把好端端的女儿吓成那样，我久久无法忘怀。现在想起，依然会心头一紧。

诸如此类的回忆，每一个都伴随着教训。

我和女儿们共同成长着。

对于我结婚的事，父母的意见不同。就结果而言，必须要说爸爸是正确的。

当然，如果没有丈夫，我就没有夕子也没有月子了，所以我并没有为结婚而感到后悔。可是，我认为佐原成海不是个好丈夫。

成海大学毕业后，没有马上就业。他没有为自己找一些自我认同的理由，也没有说冠冕堂皇的理想。他说："我很不中用，让你受苦了。"还说，"但是生活费一定没问题。"当坐在跟前的丈夫用神奇的语调向我保证时，我好像回到了学生时代，想起了恋爱往事。只要能和他在一起就是幸福。

当他和一些可疑的人交朋友时；开始从事不知道为什么能赚到钱的"副业"时；三个星期就换一

份工作时，只要他说不要紧我就信。当我知道他偶尔给我的生活费不是自己赚的，而是其他女人供养他的钱时，我也没有责备成海。

一周一天、两天……渐渐地，成海不回家的日子增多了。最后，他一个月才回几次家，但只要听到他每次回来说一句"我回来了"，我便能安心。

可是，世上没有永远奏效的魔法。

为我解除魔法的，是我的两个女儿。夕子与月子平安地长大，夕子聪颖美丽，月子温柔可爱，她们都十分健康。

但是今后的事无人知晓。万一她们受了重伤呢？万一罹患疾病呢？即使没有这等倒霉事，如果她们今后想上大学，想出国留学呢？全家的收入只有我的工资。成海偶尔会给个几万，但是他问我讨的零花钱远远不止这些。爸爸说成海"这个人不行"，果然，他真的不行。

如果为将来作打算，我不能继续和成海在一起。他会把我用来培养女儿的金钱和时间挥霍一空。仅凭我一人之力无法养活三个人。在孩子上初中之前，我就已经隐隐察觉到这些了。

其实，他并无恶意。他并不讨厌我，也并不讨厌孩子。不如说，他爱着我们。只不过，爱与生活无关。我很明白这些，所以才犹豫不决。成海长期不在家，当我下定决心等他下一次回来一定要说清楚时，他却突然回来，扮演起了好父亲。

夕子读六年级的那个夏天——

七月初，在杂司谷站的鬼子母神堂里有个小庙会。说是庙会，其实是个操之过急的夏日祭。在小小的院子里摆有章鱼烧摊、大坂煎饼摊、打靶摊等。现在的孩子爱玩的东西和我小时候大不相同，但是热闹的夜摊给孩子带来的兴奋感似乎是相同的，女儿们每年都很期待庙会。

我和女儿约定，等她们上了初中就给她们买浴衣。可是夏日临近，夕子开始向我撒娇讨浴衣。今年她说无论如何都想穿。

"小幸她们去年就开始穿了！"

她搬出了朋友。如果破坏了上了初中再买浴衣的约定，月子一定会不开心，凭什么只有姐姐能穿浴衣呀。我可没钱一下子给两个女儿买浴衣，况且她们还在长身体，理应再晚几年买才对。

可是，夕子不停地撒娇，我特别想为乖巧的她做些什么。我委婉地打探了月子的想法，她嘴上说自己不要，真实想法不得而知。于是我便决定给夕子买，条件是她得保证自己会好好学习。

我家的经济一向很紧张。虽然只买得起涤纶面料的便宜货，但夕子也显得很开心。她不知从哪里搞来百货店的商品目录，不断对比着。

"妈妈，哪件适合我？"

她问。我们母女三人围在六叠大的房间里，看着商品目录，选着选着忘了时间。

最终，我们买了件淡紫色花朵图案的浴衣。夕子本人十分满意，我却有点担心是不是太过成熟了。没想到穿了才发现，比想象中合适得多。不知不觉，夕子已经能够穿这样的颜色了，已经到了能为自己挑选合适衣服的年纪了。一想到这些琐碎的事，我就很高兴。

庙会那天像夏天似的，一大早就很热，差点要下雨。因为每年都会闹到很晚，所以我想，等凉爽点再去，便不着急出门了。不知是祸是福，当我们准备出门时，丈夫竟然回来了。他许久未归，却好似一副刚刚出去买了包烟的样子，一点也没有歉意。他穿着件浆洗得很挺的白衬衫，我不想知道是谁在哪里帮他熨的衣服，所以便移开了视线。

"哎呀，好像很热闹啊。"

女儿们当时还很景仰父亲，她们天真烂漫地欢迎父亲回家。

"你看，爸爸，妈妈给我新买的！"

夕子说着，挥了挥浴衣的袖子。

"真好呀，很适合你。夕子越来越有姐姐的样子了。"

说着，丈夫摸摸夕子的头，用他一贯的捋头发的手势。然后他朝我笑笑。

"你们去庙会？"

微笑时，丈夫的眼神很温柔，就像个天真的孩子。我的心又被他夺去了。

"我回来的正是时候啊，我也一起去吧。"

我本不打算一起去。大女儿都小学六年级了，我觉得庙会还是应该让她们自己去玩。我因连日的工作而感到疲惫，可是月子一反常态，特别高兴。

"那么大家一起去吧！"

月子用期待的眼神盯着我看，我无法辜负她。现在想想，月子当时或许已经凭借孩子的直觉发现了什么。

我们步行前往鬼子母神堂。

正巧路灯在我们面前点亮。住宅区的街上，星星点点还有几个和我女儿一样穿着浴衣的小女孩。平时只要天一黑，这条路就完全安静下来，今天竟有这么多行人，庙会的力量果然很大。幸好我们出门晚，凉风习习。两边竖着水泥围墙的路显得有些窄。月子沉默地伸出手，丈夫握住了那只小手。

丈夫对夕子伸出手说：

"来，过来。"

夕子扭向一旁。

"不要，害臊！"

然后，出人意料的是，她断然对妹妹说：

"月子也是，不能一直这样撒娇吧？你已经读四年级了哦。"

"嗯？哦……"

月子含糊地应道，但并不打算撒手。一家四口，走在最后的我清楚地看到了这一切。

真是个幸福的黄昏。

但是，我无法继续和他将就下去。夕子准备中考的那一年，我终于下定决心。

丈夫也同意了离婚。

二、夕　子

我知道父母正在办离婚，所以被告知的时候我并不吃惊。

没办法，妈妈几乎是凭一己之力抚养着我们姐妹俩。她已经快四十岁了，但是姿色不减，青春依旧。作为自己的母亲，我觉得她美得有点可怕，但是最近她渐渐地开始显露出疲态了。只要离婚，她一定能够找到非常优秀的对象。不，即使不离婚，她也能找到。但是妈妈有自己的道德标准，这一定也是为了我们吧。

爸爸似乎同意离婚。所以他们应该马上就能办妥离婚手续，或许已经离了也说不定。但是这并不代表一切的终结。

"我说我想要抚养权。"

妈妈叹着气说道。

爸爸、父亲。从我记事起，他就一直不在家。妈妈只是说"爸爸工作很忙"，我曾经也相信了这种说法，大概就和圣诞老人的可信度差不多。不知何时，我发现了真相。爸爸并没有工作，他是个无法自我约束的废物。

抚养权？我不是很懂。他们都是我的至亲，即使离婚也不会发生变化。在感情上我也许无法立刻释然，但是我总会想通的。月子应该也一样。所以我不太明白"父母中的一方将拥有抚养权"是怎么回事，不过——

"也就是说，要决定住在一起、帮你做饭、送你去学校的那个人。"

听完说明，我明白了这不是件简单的事。放学后，我去了趟书店，在"家庭法律"一栏中寻找关于离婚的书。其实我是想买的，但高出预算不少，便只能站着读了。店主的视线固然忌讳，但若是被学校同学看见我在读这种书，那就糟了。我让月子给我守着，麻利地读了起来，大致把抚养权的意思搞明白了。

父母都没有放弃抚养权的意思，也就是说得上法院。说到法院，我一直以为就是打官司，其实还有调解的环节。书上说，如果调解无果才会判决。检察官会调查，由哪方抚养对孩子比较有利。我还以为是怎么调查，原来就是把一家子叫到法院问话。

到了判决这一步，妈妈有些震惊。她应该没想到，爸爸会如此执著于争夺抚养权。

"真是浪费时间。"

妈妈发着牢骚。

浪费时间，或许还浪费金钱。但是妈妈并没有对判决结果心怀不安。

当然。我在书店读到的是：有经济能力的一方对争取抚养权有利；和孩子一起生活的一方对争取抚养权有利。这样看来，爸爸毫无胜算。爸爸总是问妈妈讨钱，而且也不回家。

光是这样就已经能定胜负了，况且还有关键的一条：父母在争抚养权的时候，只要母亲没什么太大问题，一般都是判给母亲的。具体的句子我记不清了，好像是这么写的："父亲只要不放弃，也并非毫无可能，加油吧！"

另外，书上还说，法院也会尽量不让兄弟姐妹分开。不管怎样，我还是会和月子在一起。

放学后的教室里只剩下我。

待我回过神来，窗外的天空已经被夕阳染红，红得可怕。我的名字——夕子，听说是爸爸给我取的，因为我出生那天的夕阳格外美丽。应该就和今天差不多吧。

下周，我和月子得上法院。听说检察官要听听孩子的意见。法律规定，必须要听取十五周岁以上孩子的意见。但是这并不意味着十四岁以下的孩子就没有发言权。我喜欢妈妈，也喜欢爸爸，无法二选一。基于不同的理由，两个人我都喜欢。为了能在法院回答好问题，我得准备准备。

因此，我想和月子谈谈，所以才叫她来教室。她还没到，我等得不耐烦了，于是把手伸向放在桌上的书。

我喜欢读书，其实是因为看书比看电影、听音乐便宜。在班上，大家好像都毫无根据地认为"夕子长得漂亮，所以家里一定很有钱"。真是大错特错。我之所以会在图书馆借书，并非因为我是"读书家"，而是因为家里穷。不过，桌上的书是我自己的。这本书我已经读烂了，书角有些磨损。

我没有翻开书，现在窗外通红的光线十分刺眼。我已经把最喜欢的一个故事背出来了，随时都能在记忆中回味。那是关于石榴的故事。

石榴，我见过石榴树。

小学六年级的夏天，爸爸很偶然地回家，我们一家四口一起去了鬼子母神堂的庙会。我央求妈妈给我买的浴衣令我扬扬得意，同时也让我感到内疚。

我明白妈妈给我买浴衣很不容易，而且月子穿的是普通衣服。

平时院子里很安静，今天摆满了夜摊：又是章鱼烧又是炒面，还有烤鸡肉串。我明白这些夜摊都不会好吃到哪里去，商店街上便宜又好吃的店数之不尽。但是我认为夜摊卖的并非食品，而是庙会的氛围。太阳渐渐下山了，到处亮起圆圆的灯，和谐的嚷嚷声不绝于耳。

月子想吃小蛋糕球。趁妈妈给她买的间隙，我和爸爸参拜了鬼子母神堂。每个夜摊上都排着好些人，但是去佛堂的人很少，能近距离地看到被仿蜡烛造型的灯光打亮的佛像。我没有献香油钱，但是双手合十在口中念叨着自己的愿望——希望能和爸爸一起生活。我看了眼爸爸，他只是随意地合着掌，脸上露出一贯的茫然表情。

在前殿的角落好像有个小摊。

"去看看吧。"

爸爸说道，我跟了上去。那儿摆着祈愿木牌、护身符、神签和土铃。白色的素烧土铃，上面绑着根粗绳。土铃好像被压扁了似的歪扭着，上面有一道直直的木铲刻上的痕迹。

爸爸拿起一只，快乐地眯起眼睛。

"你看，这只土铃是模仿石榴造型的。"

"石榴……"

当时的我并不知道石榴的故事。

"石榴是用在蛋糕上的水果吧？为什么会在寺庙里？"

"那是因为……"

爸爸放下土铃，将鬼子母神的故事告诉了我。

据说鬼子母神是在天黑之后，上街拐小孩吃的恶魔。为了惩罚之，释迦牟尼将鬼子母神的孩子藏了起来。对于悲痛欲绝的鬼子母神，释迦牟尼进行了一番说教。

每位父母都很疼爱自己的孩子，你若能理解失去孩子的痛苦，从此以后就不许再吃别人的小孩了。

我无法认同这个故事。

"可鬼就是那种生物呀！禁止鬼吃别人的小孩，不就等同于让鬼去死吗？"

爸爸苦笑了一下。

"夕子变机灵了嘛。理论上确实如此，但是被教育过的鬼子母神不再吃别人的小孩了。既然能戒，说明吃小孩只是鬼子母神的爱好罢了。"

"什么嘛！"

"然后鬼子母神成了保护孩子与平安分娩的神，总是手持石榴。因为石榴的籽很多，意味着多子多孙。"

"籽很多吗？"

"是啊，夕子没见过石榴吧？"

我点点头。爸爸配合我的身高弯下腰，故作神秘般甜甜地说：

"到了秋天，我们两个出去玩一次吧。一起去看石榴树结果，如果熟了的话，就摘下来吃。"

"真的吗？"

"真的，我向你保证——只要你别忘了就行。"

我提高嗓门：

"才不是呢！应该说，只要爸爸别忘了就行！"

爸爸温柔地把手搭在了我的头上。

"放心吧。对于夕子而言秋天可能还很远，但是对大人而言就像明天似的。"

我最喜欢听爸爸讲话了。如他所言，虽然秋天对我来说远得就像未来，但是和爸爸的约定让我兴奋不已。秋天到底是几月份？九月是秋天吗？还是得等到十月？时间过得真慢，这个夏天好像永远也不会结束。

终于，在秋天，我吃到了石榴——

和爸爸两人在没有人的山里。

"姐姐。"

沉浸于回忆的我被一声有些不好意思的叫声拉回了现实。

拉门开着，月子不知何时站在了那里。

她的表情充满着不安，肩膀胆怯地缩着。她低着头，眼珠朝上看着我，水手服上白色的领带被夕阳染得通红。月子果然很漂亮。我们继承了妈妈的美貌，月子更有一份让人忍不住想保护的柔弱。

"对不起，你等了很久吧？"

我微笑着：

"你来得太早也不行。"

如果学校里还有许多人，就什么也说不了了。妈妈会看准时间赶回家做晚饭，所以在家里也说不了话。能够两个人单独聊天的就只有放学后的这段时间。

我慢慢地站起来，我俩同时走向对方。我近距离看着月子的脸，问她：

"你决定了？"

游离的视线、交缠的手指，她明明很犹豫，没有下定决心。可是她说：

"嗯。"

"知道了，那么我也决定了。"

月子突然惊讶地抬起头，用受伤的眼神看着我。她可能期待着我能看出她的犹豫不决。但是这件事必须由我主导，然后强行带上月子。我从口袋里拿出一板药片。

"这是什么？"

月子问。

"是妈妈的药，她睡不着的时候吃的。"

"哦……"

她应该见过，于是点点头，但马上诧异地皱起了眉。

"你打算用这个干吗？"

"我想要是很困，也许就不会感觉到痛了。害怕的话，就吃一粒吧。"

我以为这是一个好主意，可是月子却摇摇头。

"不要，我不需要。"

"是吗？"

我希望她能吃一粒，可是她本人说不需要就没办法了。我环视了一下教室。

"我觉得没人会来这里。"

学校马上就要关门了。如果有人会来这间教室，那一定是巡逻的老师。但是月子坚定地拒绝了：

"不，这里绝对不行。"

"也是。没关系，我另外找了间空教室。"

说完我走出教室，来到走廊，一言不发地前进着。我走在前面，一次也没有回头看月子。因为要是和她对视，她可能就会改变想法。而且，我也害怕自己会丧失决心。虽然我表面上装作平静，但脚下其实轻飘飘的，站也站不稳。

我找的教室在学校的角落里，看起来没有人使用。这是我升上三年级才发现的教室。其实，最佳地点不是学校也不是家中，最好是有个和我们无关的场所，但是这不可能。这间教室的门上有锁，却没上锁。

我蹑手蹑脚地打开门，走了进去。门发出哐啷哐啷的响声。教室里没有课桌，只有一张老旧的满是灰尘的讲台。夕阳渐渐失去了光辉，天空开始披上暮色，再过一会儿就连手边的东西都看不清了吧。但是这样正好。月子将手伸向开关，我阻止了她：

"就这样，暗些好。"

我把书包放在讲台上，背对着月子说：

"你先打我。"

"姐姐……"

我假装没听见她在小声喊我。我抽出包中的物品，回过头。

"开始吧。"

这是一把鞋拔，黄铜做的，暗金色。它很早以前就在家里了，但是我一次也没见过有人使用它。我也未曾想过自己有一天会把它用在这种事上。

月子颤颤巍巍地接过去，好像这是根发烫的铁棍似的。她避开我的视线，用小得几近消失的声音问：

"真的要这么干吗？"

真是个善良的孩子。为什么我的妹妹会如此善良？我常常恨得想诅咒自己。但是现在更重要的是完成我们决定的事。我从正面目不转睛地看着月子，用毫无感情的声音告诫：

"为了爸爸，只有这个办法了！"

我明白，这句话足以骗住月子。

"爸爸……"

虽然月子的声音依旧很轻，但她握住鞋拔的手开始用力了。好了，这下月子一定能下得了手。

"我开始准备了。"

说完，我背对月子，抓住自己的水手服。我发现自己的手指在发抖，真丢脸，我紧闭双眼。我和月子一样，为了爸爸也能够豁出去。而且站在我背后的人可是月子呀。

我脱下衣服，解开内衣。没必要脱裙子，只要上半身即可。我想把水手服放在讲台上，可看上去灰尘太厚了。没办法，虽然不太稳，但我把衣服放在了书包上。

我侧着头，强作笑脸。

"好了，开始吧。"

月子点点头，抢起鞋拔。

我看向窗外，天空中挂着一轮淡淡的圆月。月子是在这样的一个夜晚出生的吧。

最初的一棒狠狠地打向我的裸背，响起一个冰冷舒畅的声响。

三、纱 织

在家庭法院的走廊上，我和笑容满面的两个人擦肩而过，快乐的谈话片段不经意地传入我的耳中：

"我家的石榴也开花了。"

我感慨地想，夏天终于要来了。

婚是离成了，但抚养权争了好几个月。现在终于到了石榴开花的季节了。其间给孩子也添了不少压力。明明是处理家庭与孩子的事，但家庭法院只在工作日的中午办公。孩子需要单独接受问话，所以得向学校请假。我依稀记得，家庭纠纷一旦被学校的朋友知道了，将非常痛苦。夕子和月子会如何向学校请假呢？

我不想将软弱的一面展现给孩子看。不过说实话，最近我变得有些无力。有时失眠到天亮，有时却突然昏睡过去。每当接受问话，我就得请假，所以公司的上司也不太开心。但是一切都结束了，今天将宣布审判结果。

我来到一成不变的房间，房内摆着不锈钢椅与折叠桌。我原以为法院是个极具权威的场所，但直到最后一天都朴素得无情。有三个人并排坐在那儿。坐在两端的五十岁上下的男女是检察官，他们自调解开始就一直负责我的案子。从这一路来看，还是女性检察官比较同情我。

中间坐着一个西装笔挺、中规中矩的年轻男性，他应该是法官吧。由于他过于威严，整个房间的气氛比以往还要紧张。可能是心理作用，两位检察官看上去也特别严厉。

"请坐。"

法官的话音落下，我坐在了他们对面的位置上。旁边还有一个空位，是留给我前夫成海的。虽然我不太想见他，但这次是不得不见的。

"你是皆川纱织女士吧？"

法官头也不抬，用造作的公事公办的口气问道。听到我回答"是"之后，他将视线落在手表上。

"还有两分钟，请稍等。"

我原本打算提前一点到的，没想到刚刚好。可能是我的手表走慢了吧。幸好赶上了，我感到安心，同时也为到现在还没来的成海感到心烦。

今天就算被问及什么话，审判的结果也不会发生改变了。结果应该已经出来了，今天只是告知我们而已。成海一定是这么认为的，所以故意不来了，因为闭着眼睛都能猜到结果。

抚养权一定归我。虽然我不算有钱，但有一份正式的工作，而且至今都是我一个人抚养孩子的。成海在调解和审判过程中，一直强调自己用自己的方式爱着女儿们。这不是谎言，我也不恨他，但如果没有用实际行动来证明，他就不算是个称职的爸爸。当然，法院应该也能理解这一切。我如此告诫自己，但是这两分钟实在太难熬了。

"时间到。"

法官抬起头，冷冷地说。

"佐原成海缺席。"

他没有与我对视，而是逃避般地看着资料。

"现在我宣布判决结果。"

"好的。"

"夕子、月子二人的抚养权归佐原成海所有。"

"啊……"这个音节堵在了喉咙口。

我不是很懂法律，这是第一次上法院。但我认为法官应该还会再说些别的什么，所以保持着沉默。法官的确继续往下说了，然而——

"皆川纱织可以随时见孩子。"

只有这句而已。也就是说，法院不阻止我见女儿们。

这应该是给成海的判决，抚养权归我，我会尽量让成海见到孩子的……本应如此才对！

"为……"我几乎说不清话，"为什么？我告诉过检察官，佐原成海这几年，连家都不……"

是因为我没有好好传达这个意思吗？还是有什么匪夷所思的误会？至今为止，法官一次都没有参加过调查。一定是弄错了什么……我求助般地看向左右两边的检察官。

可是他们完全失去了以往显露出的人情味，冷淡地看着我。于是，我马上明白了这个判决是无误的。

可是，为什么！

"我到底哪里做错了？为什么要从我身边夺走女儿？"

我用颤抖的声音，艰难地提出质疑。我没有丝毫头绪。是有人造谣，还是那个不知底细的佐原成海动用了什么关系？我只能想到这些不可能的假设。

法官微微地叹了口气，但是这个小动作被我捕捉到了。他抬起视线注视着我。

"你想提出异议？"

"不，总之，请告诉我理由。佐原成海是个没有生活能力的男人！如果把孩子交给他……"

我说不下去了。我甚至怀疑成海有没有固定住所。他该不会是凭自己的魅力到处借住在女人那儿吧？那女儿们该如何是好？

"皆川女士，确实如此。"

男检察官插了一句。他不是在安慰我，也不是在说服我，好像是在应付一个棘手的客人。

"佐原先生确实没有生活能力，我们也承认这点。但……这是孩子们的意愿。"

"等一下！"

女检察官紧张地尖声责备。我立即明白这些话是不能告诉我的。

"算了，如果不告诉她，她是不会死心的。"

男检察官不耐烦地回了一句。我鼓起勇气。

"是孩子们这么说的？"

"嗯，是啊，嗯……"

如果逼她们选一个，她们未必会选择我。就算成海再怎么糟糕，毕竟还是她们的爸爸。但这种做法真的对孩子好吗？我拼死反驳：

"她们是善良的孩子，知道自己的父亲过着不靠谱的生活，所以才心存同情。说不定是出于想支持父亲的心情才这么说的呢？但是请你们好好考虑一下，她们还是中学生，让没有工作的父亲来抚养她们，是不是太残酷了？"

"那个，皆川女士。"

法官打断了我。

"检察官，由我来说明理由。"

"好。"

男检察官绷着脸闭上了嘴。法官将眼前的资料翻过一页，他完全不掩饰自己的不耐烦。

"根据调查报告，夕子与月子想和父亲生活在一起的理由正如你所言，希望能支持没有生活能力的父亲。不过，法院必须优先考虑孩子的福利，孩子的意见只能作为参考。"

"既然如此……"

"但是，她们还说了另一件事，"法官依旧低着头，只抬起眼睛目露凶光瞪着我，"她们称遭到你的家暴。"

　　家暴。

　　我的确打过她们。当她们想偷东西的时候；当她们撒谎推卸责任的时候；不得不教育，除了抽耳光想不到别的方法的时候。

　　"她们那么……"

　　她们那么受伤？

　　"但我只在小时候打过她们，在她们还不懂事的时候。"

　　"报告书上说，"法官充耳不闻我的辩解，继续说道，"最近你情绪很不稳定，滥用医生开的处方药，还嗜酒，并且在精神障碍……也就是喝醉或用药过度的状态下对孩子实施了家暴。她们是这样说的。"

　　我不喝酒，只在聚会时稍稍陪几杯。家里只有做菜用的酒，所以这不可能。

　　我的确在吃药。由于离婚、调解而操心过度，睡眠变得很不稳定，所以让医生给我开了精神安定剂。当精神亢奋怎么也睡不着的时候，我就会吃一粒，这样就能睡到大天亮了。可这也算滥用吗？

　　而且，我根本就没有对她们施暴的记忆。

　　"我没有印象。"

"所以说你有精神障碍。"

"这个词是我女儿说的吗?"

"不,是我们这边总结出来的。"法官这次实实在在地叹了口气,"夕子与月子为了向我们证明家暴,让女检察官看了身体。调查书上记录有详细情况,不过还是让本人说比较清楚吧。"

我偷偷看了眼女检察官,她用愤恨的眼神看着法官。

"我可是和那两个孩子约定会为她们保守秘密的!"

"是吗?可是调查书上没有写啊。"

"我肯定口头表述过!"

法官连眉头都不皱一下,无视了女检察官。他又将视线落向资料,读了起来:

"两个孩子的背部都有明显的内出血痕迹。月子的肩头还有十五厘米长的外伤。据她们所说,伤痕是你用黄铜鞋拔殴打所致。"

我失言了。既然检察官看过,说明的确有伤。

他们将我的沉默视作认罪,法官的声音变温和了。

"你的孩子呀,说是你离婚压力太大才会打她们的,往常的你是个温柔的母亲。她们可帮你了。像这样包庇父母的例子并不少见。这次综合孩子的营养状态、精神状况、上课情况、言论谈吐等考量，我们认为事态并不紧急。其实应该通报儿童救助中心的，但这次我们网开一面，仅止于训诫。不过，只是因为精神状态不佳就用铁棍殴打孩子，法院还是要严肃处理的。"法官聚拢资料，在桌上敲击工整，"如果对判决有异议，请在两周之内上诉。辛苦你了。"

直到最后，他都没有正眼瞧我一眼。

归根结底是我不体谅女儿们的心情。

我当然没有殴打女儿，光是用手打都觉得害怕，更别说用黄铜鞋拔了。而且我早就忘了家里还有那只鞋拔。那是成海穿鞋时用的，他几乎不回家，所以已经在玄关处积了好几年灰了。

也就是说，女儿们的伤一定是自导自演的。

她们的想法可能是：假设案发于我吃了药不省人事之际，或许就会认为是自己干的了吧。我的药是精神安定剂，不是兴奋剂。说我在浑浑噩噩中挥棒攻击，真不像是乖巧的夕子编出来的。如果没有加上酒精这个关键词，家庭法院一定不会相信孩子的话。

如果不这么编的话……如果不把我捏造成一个滥用暴力的母亲，父亲是没有胜算的。这一点她们想得很对。她们一定是学习过调解与审判的知识了吧。我的孩子才读中学就有机会学习法律，在悲伤的同时也令我感到一丝安慰。果然，必须得掌握法律知识啊。

孩子们的计划成功了，抚养权归成海所有。我并不打算上诉。

我错了，我以为让她们离开成海是为了她们好。其实我应该好好听取她们的意见。她们宁可伤害自己的身体、撒下弥天大谎也要为父亲分忧，这一点我全然不知。

现在想来，仅凭我一人之力无法养活三个人是离婚的根本原因。但我和成海分开了会怎样？妈妈不要紧，但是爸爸一个人能行吗？女儿们当然会这样想。

丈夫本来与我非亲非故，只是因为婚姻才成了亲人。可自己的父亲是生来的至亲，无可替代。所以我看待成海与女儿看待成海的角度不同。没有注意到这一点是我的过错。

我很不安。那两个孩子会一直陪伴在自己父亲的身边吗？会不会被卷入游手好闲的生活中？是否会因此丧失了自己的幸福？一旦发愁起来是没底的。

现在我得尊重她们的选择。法院批准我可以随时见孩子，所以即使不能生活在一起，应该也有照顾她们的办法。

走出家庭法院，初夏的阳光亮得刺眼，我不禁用手遮挡。家里的冰箱应该是空的，得先去买点吃的。女孩子到了长身体的时候，吃得也挺多。

"哎呀，可是……"

我自言自语道。

可是用不了多久，只要买一人份就够了。

顷刻间，我的心碎了。刚才用来遮阳的右手，已经按在了忍不住呜咽的嘴上。等那两个孩子恋爱、懂事了，总有一天我们还是要分别的。我明白，这就是母亲的职责。

可是这场分别来得太早，我还没来得及做好心理准备。

四、夕　子

放学后，我在图书馆里看书。

不是图书馆的书，而是我自己的。其实我不必来图书馆，可是有人托朋友转交给我一封信："今天放学后，请在教室里等我。"落款为班中某位男同学。我能猜到他为何事找我。他好像在足球社团里挺有名，可同学年的男生在我看来都很幼稚，光是提到名字就令我厌烦。所以，我才不想和这种人单独聊天呢。

我打开边角磨损的书，翻到我最喜欢的那个故事。书页历经了太多次的翻阅，一下子便能找到。这是一个关于石榴的故事。

农耕女神德墨忒尔有一个美丽的女儿珀耳塞福涅。可有一天，珀耳塞福涅吃了石榴。一旦吃过冥界食物的人，就不能完全回到这个世界了。即使女神母亲亲自来迎接，也无法打破这个戒律。

珀耳塞福涅吃了三分之一只石榴，所以她一年中有三分之二的时间能够回来。

然而我却不同。

到了秋天，我们两个出去玩一次吧。一起去看石榴树结果，如果熟了的话，就摘下来吃。我没有忘记在鬼子母神堂立下的约定。到了秋天，我瞒着妈妈见了爸爸。

"夕子真的长大了，走吧！"

爸爸履行了约定。他开车带我来到了红叶遍布的山中。

石榴还没完全熟，但也不生。我和爸爸一整天都贪图地享受着它。我吃得脏兮兮的嘴唇，由爸爸光润的嘴唇洗清。

我和珀耳塞福涅不同，我已经完全回不去了。

我还将成长，还将变得更漂亮。所以，佐原成海只要有我就够了。

我明白妈妈想离婚的理由。几乎是独自抚养我们长大的母亲，我不知道该如何感谢她才行。可是她太美了。曾经捕获爸爸芳心的容颜，即使在饱经生活困苦的当下，依然熠熠发光。这样的她选择主动离开成海，简直是个奇迹般的机会。

幸运的是，婚一下子就离成了。接下来只要我能去成海身边即可。不过成海是个生活失败者，正常情况下，法院都会将我们判给妈妈。那样就糟了，于是我拼命思索。

当然，我并不想陷害妈妈。虽然和对爸爸的爱成分不同，但我很爱妈妈。在家庭法院那个比想象中小许多的房间里，让嫌麻烦的老爷爷检察官出去后，我让女检察官看了自己的裸背。同时，我喋喋不休地强调：

"妈妈很温柔，往常绝对不会这么做的，只是因为最近离婚、争抚养权导致压力太大。求你了，千万别给妈妈定罪，她不是坏人！"

这些都是真话。"往常绝对不会这么做的"，说得更准确些，她从未这么做过。虽说我很想将成海占为己有，但如果因此让妈妈坐牢，我会后悔死的。我还担心自己强调得太多显得有些不自然，为此出了一身冷汗呢，可事情进展得很顺利。

如今，我在成海的身旁。那个骚动内心、不可思议的柔和声音，每天都在我耳边响起。

佐原成海是我的奖杯。

虽然认认真真在读书的只有一小撮，可图书馆里的学生还是挺多的。因此，月子困惑地东张西望着。还是我先发现了她，在我向她微微抬手示意之前她都没有察觉。

月子把手放在胸前小小一挥，用符合图书馆气氛的慢步走了过来。我旁边的座位空着，她轻轻坐下。

"你果然在这里。"

"还真了解我。"

月子微笑了。

"我去教室找你，发现有个男生在等你。我想一定是因为那个吧。"

每个月我都会收到两三封男生写的颇有意味的信。有时我选择一放学就立马回家，但大部分时候都会在图书馆度过。月子已经知道我这个习惯了。

话说回来，这下那个男生可出丑了。我突然来了兴致，便问道：

"他好像挺有人气的，月子你怎么看？"

月子歪着脑袋。

"嗯……这样说可能有些不好……"，月子如此开场，"感觉有些幼稚。"

"果然。"

然后，我俩一同吃吃地笑起来。我合上书。

"你找我什么事？"

"嗯，我想找你一起回家。"

"你的那些朋友呢？"

"不顺路……"

拥有了抚养权，爸爸借了间房子，成为我们三个人一起生活的家。幸好，离原先住的地方不远，有一间挺不错的房子。这样我们就不必转学了，但多少还是会带来些影响。

我把书放进书包，站起身来。

"对了，房间的窗帘选好了吗？"

我问月子。她有些害羞地摇摇头。

"还没有……"

"是吗？随便选一个就是了。"

"那可不行！"

新房间的窗帘由月子挑选。可月子犹豫来犹豫去总是定不下来。现在暂时用房间里本来就有的薄窗帘应付一下，可每天早晨的阳光非常刺眼。

爸爸嘲笑月子的执著："月子也开始长大了。"

"不如我们回家的时候顺便去趟百货店吧，看到实物也许便于挑选。"

月子的表情突然明亮了起来。

"真的吗？谢谢姐姐！那我在校门口等你！"

月子转身离去，飘来一阵淡淡的洗发水味。

我看着她的背影，心想，妈妈选择了抽身，所以除我之外，现在成海身边只有月子一个美人了。

"为了和爸爸生活在一起，我们得陷害妈妈。"

当我告诉月子时，她虽显犹豫，可依然点了点头。这并不是单纯崇拜父亲的女儿所能接受的提议。我能清楚看见盘踞在她内心的欲望，我们毕竟是姐妹嘛。

月子的长相还很孩子气，还不是我的对手……还不是。

我们都继承了妈妈的美貌，然而月子更胜一筹，她可爱、纤弱，哪一项都是天生的魅力。也就是说，虽然我不愿承认，但妹妹或许有我所不具备的魅力。

那一晚，我们潜入学校一隅废弃的教室，互相击打对方的裸背。先下手的人是月子，她只有最初的一击很用力——看来这件事对她而言太过残酷了吧。

月子好像是累了，黄铜鞋拔上的力量越来越弱，我听到她拼命忍住的呜咽。明明是我让她打的，她却丢掉鞋拔扑在我背上不停道歉：

"对不起！姐姐，真的很对不起！"

我当然原谅了她。我忍住灼热的疼痛，转身抱住了妹妹。

"没关系，谢谢你。"

随后我捡起鞋拔，冲她微笑了下。

"那么，接下来就轮到月子了。"

月子即使再害怕也逃不了。因为，是她先打的我。

石榴的故事还没完。

珀耳塞福涅吃了石榴，一年中有三分之一的时间是哈迪斯的妻子。可是有一天，哈迪斯迷恋上了美丽的妖精。

珀耳塞福涅无法原谅绑架了自己的哈迪斯移情别恋，于是她踩住妖精，将妖精变成了杂草。

其实想让爸爸拿到抚养权，还有其他办法。法律书上写，孩子的愿望比较容易实现。可我最终选择了这个方法，原因只有一个。

在变美之前烙下伤痕。在可能变得比我还美的背部，留下伴随终身的伤痕，哪怕再小都行。

我挥下的一击，让月子的肌肤变形、碎裂。

那一晚见到的雪白裸背，在清澈的月光下显得很美。无论是谁见到，都会想亲吻吧。

然而现在，不过尔尔。

万 灯

一

我受到了制裁。

一直以来，无论多么艰难，我都努力做到最好。我坚信，迅速的决断才是胜负的关键，好几次我都赢在先发制人上。我会毫不犹豫地选择必要的措施，正确的风险分析与突发情况下不惧危险的勇气一直强有力地支撑着我的决断。我让许多背地里说我只重拙速的家伙闭上了嘴，也把不断强调小心谨慎的上司逼到了绝境。我取得了卓越的成果。这份成果不仅给公司带来了巨大的收益，也让许多人的生活变得更好了。

杀阿兰姆，杀森下，都是必须的。

本应不会败露，本应能够将工作完美收官，抬头挺胸地回到意义非凡的工作中去的。

然而我正在受到制裁——由于一个意想不到的人。

二

我进入井桁商业公司是十五年前，也就是昭和四十一年的时候。

　　我出生于千叶县馆山市，在东京读完大学，进入梦寐以求的井桁商业公司。和我同时进公司的同事都希望留在日本工作，我却从一开始就希望能去国外工作。我是家中的老三，两个哥哥都是公务员，收入稳定。所以我不必特地留在国内照顾父母，这点令我感到轻松。不过，作为社会新人，我有强烈的使命感。日本国内市场明显已经停滞不前了，唯有国外市场有生路，可国外的"尖兵"紧缺。这是我的理论。

　　进公司第三年的春天，我被派到了印度尼西亚分社。当时，我们公司正着手在东南亚开展一个巨大计划——资源开发。

　　公司打算开发天然气。据说印尼天然气的储量超过七十兆立方英尺，可谓前途无量。一想到自己将从事的是资源方面的工作，就觉得精神抖擞。

　　在苏哈托的领导下，与印尼政府官僚沟通的最好方式就是贿赂。起步晚的井桁商业公司为了取得开发权，必须挥金如土、四处塞黑钱。我随着前辈走访各处，看前辈低头我也低头，看前辈笑我也笑，努力学习各种交际术。总之，脑中必须时刻思考到底该贿赂谁。昨天本以为最终结果对我方有利，可与我们竞争的公司才和一名高官接触了一个晚上，就突然转了风向。我被这样玩弄过无数次了。

我也碰到过好几次危险情况。反对开发的居民经常会拿着棍子、菜刀抗议，有时甚至拿枪相逼。我通过关系买了件防弹背心，每次来到远离市中心的地方就穿上它。

用关系与金钱填平特权与腐败的坑洼路；细心消除其他公司的阻碍和当地居民的反抗；靠毅力与阿谀开创了通往天然气的道路。这就是我的工作。十年后，这个光靠嘴巴、毫无城府的年轻人当上了天然气开发组的副领导。其间，我几乎没有回过国。即使回国，也没去过机场、总公司所在的大手町以外的地方。连老家都只回过一次——为参加父亲的葬礼。而且，我并不悲伤。

所以，当公司领导向我下达新的委任令时，他那副同情的表情着实让我难以理解。他如此说道：

"作为天然气专家，公司打算派你去孟加拉国。头衔是开发室长，其实是部长级待遇。一旦开发有望，下回保证把你调回日本。"

我高兴地接受了委任。印尼市场基本已经走上正轨，预计今后的开发幅度会缩小。另一方面，孟加拉国被判定为南亚天然气储量首屈一指的国家，可连相关调查都没做充分。在大手町接到委任令后，第二天我就回到雅加达开始了交接工作。

这是两年前的事。

孟加拉国是个严峻的地方。

我的一名日籍下属已经被派到达卡的分社去了。他叫高野，比我晚四届，一脸福相，看上去很不可靠，但被晒得黝黑的皮肤证明他是一名身经百战的销售员。经询问，得知他出生于新泻的燕市。他来达卡的机场接了我。我们乘上丰田车才刚到临时办公室，空调和电脑就停止了运作。是停电了。

恰好这时刚进入雨季，办公室立刻就被不堪忍受的酷暑所笼罩。本想着停电总不能抱怨吧，可窗外的信号灯明明亮着，附近的马路上有个男人正吹着电风扇乘凉。我把孟加拉语学习手册当作扇子，一边扇一边爆发出不寻常的怒吼：

"怎么回事！只有这幢楼停电吗？！"

高野已经大致掌握了当地的情况，他含笑答道：

"这么快就被整了。"

"整？"

"被停电了哦。"

"是办公楼的房东？"

"不，应该是电力公司。他们知道我们的室长今天上任。"

我惊讶得说不出话。

"不会吧，为什么？"

"那还用说吗？"

说着，下属伸出大拇指和食指做了个圆（日币）

的动作。

我以为自己很懂"贿赂文化"。如果是房东对房客要点小心思那倒不奇怪，可国家基础能源企业为了骗钱竟然把基础能源给停了，简直闻所未闻。我这才意识到，自己来到了个不得了的国家。

"抗议是没用的，对吧？"

"对方一定会说是发生了故障。放着不管的话可能会拖一个月。"

"没办法，麻烦你了，替我送点钱过去吧。"

高野露出了疲惫的笑容说："好的。"那一笑，包含着对沦落残酷异乡的上司的真实同情。

电只停过一次，其他的"国家基础设施"却此起彼伏地出现"故障"。电话突然打不通；水突然停了；煤气突然断了。每当此时，高野或是公司雇的孟加拉籍员工都会去相关部门表表心意。但我并不认为所有的"故障"都是为了受贿而谋划的，其中应该也有真故障。即使是孟加拉国最大的城市达卡，基础设施也并不完善。

此地恶劣的气候与风土远远超出了我的想象。

为了确认搬运器材的路线，我们来到了港口城市——吉大港，在那里经历了气旋性风暴。孟加拉国风暴之强烈我是早有耳闻的，可我只当它和日本的台风差不多。实际上，它的风速达每秒三十米左右，这种程度的台风我小时候也经历过好几次。不过气旋性风暴的威力远大于台风。

风暴过后，城市里的灌木凄惨地枯萎了。当地员工指着灌木，天真地笑道：

"看，这是热气所致。"

"热气？"

"风暴很热，因为我们在办公室里，所以感觉不到。"

确实，当风暴来临的时候，我们在办公室里避难。当时我觉得格外热，还以为空调又出问题了。没想到，原来外面大作的狂风是热风。

"风暴这么热吗？"

"是啊，大约有五十度，树被风吹过也会枯萎。老大你要小心哦，如果在外面经历了风暴，眼睛会瞎掉的。"

还有洪水。每年一到雨季，孟加拉国就会遭到洪水侵袭，国土的四分之一将没入水中……我知道这一消息，可亲眼看到还是非常震惊。原本一望无际的平原，才一周时间就变成了浑浊的水面。人们划着小船通行，犹如一开始过的就是水上生活般泰然自若。然而看到这番场景，我的心情却十分低落。在这种地方开得动卡车吗？能搬运器材吗？能搭建钢材吗？打我进公司开始，从没如此消极过。

孟加拉国的天然气资源在二十世纪初就广为

人知。所以，比较浅的地方、好挖的地方都已经被开采了。孟加拉湾的海底天然气储量十分丰厚，为后来之人所觊觎，可当初的项目规模还不至于拥有能抵御狂风的海上机械设备。

于是我将视线转向东北部的低洼地带。在印度国界附近，还有一些未开发的地方。据孟加拉国和巴基斯坦分裂之前的调查显示，该地没有适合开发的大规模天然气，不过当时的钻探技术还很落后，现在先进多了，过去无法挖掘的深度资源或许现在是时候出手了。于是我命令高野组建一个调查组。

"我个人感觉很有希望。就数据来看，收益将会非常大。请等我的好消息！"

高野说完后，得意洋洋地向东北部出发。

冷静下来想想，我并没犯什么错，这只是一个意外而已。不过这个意外带来的沉痛结果却如一座大山般压在我的心头。

高野出差后的第七天，半夜里电话响了。打来电话的是调查组中的一名当地人，是个地质学专家。电话那头信号很差，他的声音发抖：

"老大，发生意外了……"

调查组乘坐的微型面包车由于轮胎陷入泥泞中，翻滚着从斜坡上掉了下去。同车的技术组全体受轻伤，不过坐在副驾驶座上的高野和最后排的孟加拉籍员工则没那么幸运。高野被压在车底下半天之久，最终失去了坏死的左手。穆罕默德·贾拉勒由于肋骨刺伤内脏而失血死亡。

高野的手臂也好，穆罕默德的命也好，及时救治的话也许救得回来。如果我能第一时间得到消息，说不定能够想到些办法。可是实际上，在达卡分社的我得到消息已经是事故发生后六小时了。

等我赶到锡尔赫特市的医院看望高野，又过了一天。截肢手术已经完成，麻药还没过去，高野昏睡着。外面下着暴雨，脏兮兮的窗户哐当哐当地晃着。躺在铁架床上的高野好像没事人似的睡着，我紧紧地握住了高野完好的右手。

"高野，对不起，是我错了！我把工作顺序给搞错了！"

作为开发目标的东北部低洼地带离达卡非常远。从锡尔赫特开车都需要花四五个小时，堵车的话时间可能还要翻倍。万一发生突发情况一定无法立即应对，这点我是知道的。所以我认为需要有一个能够将员工、物品、信息汇总的集聚地。

不过我以为这个集聚地可以等基本调查完工后再设置，于是便耽搁了。如果能够提前预料到事故，并及早设置集聚地，哪怕只在那里安排一名医护人员，或许事故就不会变得如此严重了。天色将晚，直到狭小的病房被昏暗所笼罩，我都在压低声音哭泣着。

一个月后，高野被调回日本。尽管他还没从失去手臂的阴影中走出来，可在达卡的机场，他笑着对我说：

　　"这样一来我终于能回到家人身边了，也并非都是坏事哦。"

　　"你有家庭？"

　　"对，儿子出生三天后我就被派去了新加坡。我巴不得能尽早回去，可没想到是以这种形式。不过在日本也有可能发生交通事故，所以我并不怪工作，只是命运不佳吧。"

　　他可能是看出了我的负罪感。明明他才应该被安慰，却反过来顾忌我的情绪。

　　由于宗教信仰不同，穆罕默德·贾拉勒的葬礼我没能参加。

　　而且，分社的预算有限，连给他家属的抚恤金也不多。

　　高野走后，公司马上给我派了一名新下属。开发没有停止，不能放缓调查的脚步，设置集聚地动用了众多劳工。我对高野和穆罕默德的忏悔之心没有消失，但也不能一直耿耿于怀。

　　有一段时期，我整天瞪着地图念念有词。

　　集聚地必须要选一个即使是雨季也不会被淹没的地方。与达卡之间的通路被淹也没事，但必须保证开发地与集聚地之间常年畅通。另外，如果能顺利开采，与作为输出港的吉大港之间得建立输气管。考虑到维修维护等问题，这条管道也必须保证不被淹没。

政治安定也是必要条件。就像印尼的宗教对立问题一样，孟加拉国也有少数民族问题。虽然一些要求自治的武装组织最近消停了下来，但是今后的事谁也不知道，得避开有少数民族的村落。综合以上这些问题，我仔仔细细地把孟加拉国的地图看了一遍又一遍。可是光靠地图无法百分百推测出雨季的地形变化。于是我塞了点钱给一个东北部出生的官员，让他告诉我当地的情况。

他沉默着听完我的所有条件之后，思考了一会儿，随后指着地图上的一个点说：

"只有这里。"

地图上有几个小字：白沙。是白沙村。

我定下了方针。

代替高野的下属名叫斋藤。虽然他和高野年纪一样，却已经向"中年肥"发展了起来。乍一看挺迟钝的，交谈后才发现原来是个聪明人，做足了孟加拉国的功课。从现状至开发上的问题，都能对答如流。他老家在长崎，由于和高野同一届，所以互相认识。

"高野这家伙人很好，太太也很漂亮。真可怜，或许他能保住这条命就已经算走运的了，"斋藤一脸严肃地继续说道，"我这一届里还有不幸身亡的。有个家伙被派去乌兰巴托，结果水土不服，还以为是发了点烧，可一眨眼的工夫就走了。室长也得注意，必须好好接受例行身体检查哦。"

这名珍贵的日籍员工该如何使用呢？让他参与地质调查还是建设集聚地？这个抉择真难。当我询问了本人之后，答案便很清楚了。

"请让我去白沙村。地质调查是技术活，我派不上什么用场。"

"明白了，去吧。"

"不过，村子里应该没人懂英语，给我安排个孟加拉语翻译吧。"

"没问题。"

我后来才知道，斋藤很有交涉经验。当我在印尼开发天然气的时候，他在印尼的另一个岛上采购虾。他来到当时不太愿意出口给日本的渔村，凭着顽强的毅力和花言巧语，才两个月时间就确立了一条虾的进口路线。

所以在白沙村，斋藤应该没犯什么错，恐怕谁去都是一样的结果。

孟加拉国是个严峻的地方。官员不拿贿赂不做事，一到雨季四分之一的国土将没入水中，还有五十度的风暴来袭。可是这个拥有一亿多人口的孟

136

加拉国并非无法生存的不毛之地。文化、气候、风土都能慢慢适应，只要住惯了就是个好地方。

真正成为开发障碍的是当地居民的反对——全世界都一样。

一周后，斋藤出差归来。他全身都是淤青，脸颊上贴着一大块创可贴，一只手臂绑着夹板。他告诉目瞪口呆的我：

"室长，不行，那个村子里的人讨厌外国人……我差一点就被杀了。"

三

据说，白沙村的村民一开始热情地接待了斋藤他们。可能是觉得外国人很稀奇，孩子们纷纷跑出来，欢呼着把丰田车围了一圈又一圈。大人们也十分友好，问了许多来自哪里之类的问题。

"然后说我们是日本企业，想见村里的当家的。事情到这里为止都还很顺利。"

所谓当家的，和长老很相似。在孟加拉国的村落里，权力并非集中在一个村长手里。重要的事情需经过几位当家的集体讨论。和长老这个词印象不同的是，当家的并不都是老年人，而立之年的亦不罕见。

"我们被邀请到阿兰姆·阿不德这名当家的家

中，他大约有五十岁，留着威严的胡子，穿着白衬衫，身体很壮，是个非常精悍的男子。我让翻译用孟加拉语向他打招呼，没想到阿兰姆对我说了句'welcome'，之后我们不需要翻译，用英语完成了对话。阿兰姆说的是英式英语，乡音很重，不过足以和我的美式英语交流。"

曾经是英国殖民地的孟加拉国有一些地方至今通用英语。上级法院使用的语言是英语，高等教育也用英语授课。阿兰姆这名当家的既然会英语，说明他是个知识分子。

"刚开始，阿兰姆很友好地给我们倒了茶。据说他在达卡生活过一段时间，还问了我达卡的现状——饭馆、新建大楼……聊了很多之后，他一脸怀念的表情。可是，当我说出我们的目的之后，情况却急转直下了。"

"你说了多少？"

"说我们是日本的井桁商业公司，计划开发天然气，所以希望在村里能有个歇脚的地方。"

如果在白沙村设置前线基地，那么村里的交通量就会增加。正式开发后，卡车便会络绎不绝地开进来。到时候，噪声问题和交通事故都无可避免。可是斋藤好像没有谈及这个问题。

"补偿方面呢？"

"我想等他们问了再回答。"

我点了点头，他并没做错。

"那就不是金额没谈拢喽？"

"不，阿兰姆他……"斋藤闭上了嘴，拼命回忆了一番，慎重地说道，"他知道我们是为了开发而来，便态度骤变。"

我叹了口气，我明白这一天总会到来。与规模无关，开发必定会遭到当地居民的反对。可我没料到这次开发从一开始就受挫。

"他叫我滚，可我还在很勉强地继续交涉，现在想想不该这么做。后来阿兰姆用孟加拉语喊了一句什么，男人们便马上都进了屋子。接下去就是私刑环节了。翻译当即就跑了，那些男人听不懂英语，所以我无法辩解什么。如果阿兰姆不阻止他们的话，我应该已经死了。"

和这番话的内容相反，斋藤的语气显得十分冷静。我也遭遇过好几次危险的情况，如果自己被打得浑身淤青，我没自信能如此冷静。通过此事能看出斋藤作为交涉员的资历很深。

可即使是这位斋藤，也没能说服阿兰姆·阿不德。真麻烦。

"好，难为你了。今天你先去医院好好看病，这种夹板根本不管用。"

让斋藤离开后，我仰望天花板，恶狠狠地骂了句："妈的！"凭我长年从事资源开发工作的直觉，这场纠纷还会拖很久。

这种时候，我的直觉都很准。

白沙村完全拒绝交涉，不管是孟加拉人还是日本人，他们决不允许井桁商业公司的人靠近村子。虽然接到报告说村民们没有武装起来，但报告不可信。既然他们的态度如此强硬，如果我们随意接触，只会徒增伤者而已。

我想是否还有其他可以建据点的地方，于是重新研究了一番。可越研究越发现没有其他选项。如果只是建前线基地，其他村子也可以。可开发一旦上了轨道，输气管是必定要经过白沙村的。也就是说，早晚得拉拢那个村子。

半夜，我坐在办公桌前，喃喃道：

"这要是在印尼……"

在印尼，政府是开发强有力的后援。虽然需要贿赂，可面对居民的反对，有警察或军人来帮忙镇压。孟加拉国的情况不同，只能靠我们自己解决。这里的政府根本不理我们，所以无从下手。

屋漏偏逢连夜雨。有一天，斋藤提出了辞呈。

"为什么？这里不能没有你！"

"对不起！"

斋藤的断臂依旧吊在脖子上，他向我低下了头。

"告诉我理由，如果有什么问题，我来解决！"

斎藤脸上一贯的气定神闲消失了，他阴郁的双眼一直低垂着。这可不是一张耐得住长时间交涉的脸。

"其实，昨天我被抢劫了。"

"你说什么?!"

"可能是因为我负着伤吧。在白沙村也经历了非人的待遇，我已经受够了! 请放过我，我是个有家室的人。"

"所以你要放弃工作?"

"室长……"斎藤抬起头，认真地看着我。看到他那愤怒与胆怯交织的眼神，我说不出话来。"我不想重蹈高野的覆辙，我要回日本。"

达卡并不是个治安非常差的地方。虽然不算好，但和普通的发展中国家差不多。斎藤只是运气不好罢了。可是，我没能挽留住丧失希望的他。如果是以前的话，我一定会痛骂现在的年轻人没有毅力，作为一名白领，上了职场就要做好再也见不到父母的准备等。可他说出高野的名字，瞬间就将我的嘴堵住了。

公司没有马上派代替斎藤的人过来。就算公司再怎么期待孟加拉国开发事业的进展，也不能不停往这边送人。尤其是在开发停滞的当下。

如果能解决的话，我真想亲自去趟白沙村，下跪也好怎么都行。肩负着室长使命的我不可能在毫无胜算的情况下长期留守达卡，白沙村的交涉工作只能交给孟加拉籍员工，可他们甚至不被允许进入村子，只是在浪费时间。

"老大，不行。无法交涉。那个当家的好像真的不想要钱。"

孟加拉籍员工说完，难以理解般地耸了耸肩。

原本我不喝酒也不抽烟。在孟加拉国，由于宗教信仰无法公开喝酒，也几乎买不到酒。可我开始泡起了吧，去专门向外国人开放的酒吧。虽不曾喝得烂醉，却渴望能消遣消遣。

某一晚，我上完厕所洗手时，突然抬头看了一眼镜中的自己。我愕然了。那是一张疲惫的脸，是一张完全衰老的脸……

我未婚。在日本的人际网只有关系不怎么好的兄弟和十几年没见的同学。我把所有的时间都花在了工作上，既没爱好也不懂得怎么玩。可我并不认为这种人生是不幸的。在散布全球的井桁商业公司的员工里，有比我从事的工作还重要的吗？我确保天然气被运往日本，转化成电力。电力产业是国家命脉。为此我奉献了自己的青春，我不后悔。

没想到这样的我竟然被一个小小的村落给难住了。悔恨与焦急交织，映在镜中的表情变得扭曲可怕。

天气渐渐转凉了，十一月十四日，情况发生了转变。

开发室开始有些昏暗之际，我收到了一封信。收件人地址是用孟加拉语写的，收件人姓名是一行歪歪扭扭的英文：TO JINGHENG CO。寄件人的信息全是孟加拉语。我思索了一会儿，幡然醒悟。我拿着信跑到贴在开发室墙壁上的地图那里进行核对，没错，这封信来自白沙村！

我甚至来不及找剪刀就撕破了信封。信的内文也是用极不熟练的英语写成的：

COME ALONE DAY15. IMPORTANT CONFERENCE.

十五号，一个人来，重要协商。

白沙村终于主动与我们联系了。自从斋藤被殴打之后，白沙村的人甚至不允许我们接近村子。所以我方的诚意只能靠孟加拉籍员工不停打电话传达。所谓诚意，当然也包括了对孟加拉国居民而言天价的补偿金，现在终于显现出效果了。信上约我前去见面的日期是明天。因为邮局的原因导致信来晚了，没有准备的时间，也可以说其实正正好好。

我怀疑过这封信是不是假的。恐怕写这封信的人不是白沙村当家的阿兰姆·阿不德。阿兰姆能与斋藤用英语对话，很难想象一个对话毫无障碍的人不会书写。孟加拉国的传统是每个村里不止一名当家的。这封信也许是不太会英语的别的当家的或普通老百姓寄来的。有一种可能性是：这个人能够抱着本字典写信却无法打电话表述。

不管怎样，就算这封信是假的，我也必须得去。

其实这个时机很不巧，有几个原因。首先，我和很难约见的能源局高官约了今天下午会面，而且十五号还有例行的身体检查。能源局高官虽然是个关键人物，却并非至关重要的那位，换个时间也无妨。身体检查嘛……管它呢。

让我一个人去也很不妙，我几乎不懂孟加拉语。不过，只要有孟加拉语学习手册，我多少能进行一些对话，斋藤也说阿兰姆会英语。

"看来每个困难都可以克服。"

自言自语完，我马上展开了行动。迅速的决断力与行动力是这十五年里千锤百炼出来的。我把接下去的工作交给了公司里的其他员工，拼命往铝箱子里塞起高额纸币。以防万一，我带着在印尼常穿的防弹背心，跳上加满油的旅行车。在收到信之后的一个小时，我已经马不停蹄地赶往白沙村了。

由于我很清楚雨季的道路情况，因此事先就有心理准备，这条通往白沙村的道路必定是非常艰苦的。可没想到霜季的当下，路上竟是如此顺畅。既不热也不冷，没有一块泥泞，也不至于因为干燥的尘土飞扬而扰乱视野。

而且，现在是收割大米的季节。途经好几个村庄，有孩子和大人一起勤劳收割的村子，也有完成收割洋溢着幸福的村子。金黄色的田园里稻穗随风飘扬，隔着车窗看到这番景象，我第一次觉得这个国家很美。

当晚，我来到锡尔赫特，订好酒店，与在达卡就联系好的导游会合。信上写让我一个人去，我丝毫没有打破这个约定的打算，因为我明白，这次必须拿出点诚意。可实际问题是，我几乎不认识锡尔赫特往下的路。虽然白沙村在地图上的位置已经深深地印刻在我脑中，但如果不想走弯路的话，还是需要一个导游。只要在快到村子时打发走导游，就不算违反约定了吧。

经历过印尼的工作，我学会了几项特技。首先是怎么也吃不坏的肚子，其次是在哪里都能睡得着。就算酒店的床硬得不敢恭维，我也能一觉睡到大天亮。

第二天一早，天还没完全亮，我就离开了锡尔赫特。我开的是自己的旅行车，导游开的一看就知道是辆旧款铃木车。很可惜，我们的马力完全不同。只要稍微踩一下油门，就可能撞上前面带路的导游。这样反而令我神经紧张，开得很累。低洼地带的路缓缓地起伏着，当大地尽头出现星星点点的褐色建筑时已经是上午十点了。前头的导游慢慢停下车，对下了车的我说："那就是白沙村。"

"到这里就可以了。"

导游点点头，刚刚还很和善的脸突然阴沉了下来。

"先生，你要小心。那个村子，现在很危险。"

"你知道些什么吗？"

我几乎没有任何关于白沙村的情报。我忍住想尽早进入村子的心情，询问起导游。可是导游不会用英语组织复杂的语句。他有些着急地用孟加拉语嘀咕了一阵，突然想到了什么，右手握拳。

"阿兰姆，"左手也握拳，"其余当家的。"

然后导游粗鲁地互击双手。我已经全都明白了。

殴打斋藤的阿兰姆确实是很有威望的当家的，可白沙村并非万众一心。一定有反对阿兰姆的人，虽然不知道是明争还是暗斗，但这样一来就形成了分歧……应该是这么回事吧。

要是被卷入内部斗争就危险了，不过这同时也是一个机会。

"谢谢，你帮了我很多。"

说完，我将超出事先约定金额的纸币塞入他手中。目送着回锡尔赫特的铃木车，我拍拍脸颊，给自己打气。这是千载难逢的机会。若是不将此地拿下，别说日本了，就连达卡我都不回。

白沙村和孟加拉国的其他村子相比，没什么两样。屋顶是用类似茅草的植物捆扎铺成的，墙壁用的是竹子。村子边上有一片大叶树林，大叶子随风摇摆。门口的荫处和墙边站着些孩子，下了车的我能感受到他们目不转睛的视线。斋藤说孩子们见到他十分兴奋，可现在他们却不安地从远处看着我。他们一定是被教育过不准接近那些日本人。

终于，三个男人向我走来。他们被晒得黢黑，表情十分严肃，言下之意是并不自愿欢迎我。他们没有携带武器，这点让我安心不少，突然拿枪抵着我拿我做人质也并非毫无可能。我勉强听懂他们用孟加拉语说了句"过来"。

他们把我带到村里一座特别小的房子里，挥手示意我进去后，便一言不发地离开了。这是间空置房，没有任何家具，连地板都没铺。泥土地上盖着条毯子，墙壁缝隙中漏进几道光线。然后，我看见了一名意想不到的先来之人。

此人穿着西装，系着领带。他一回头便向我露出了笑容，我马上发现这副表情是人为训练出来的。他身材修长，黑发，戴着一副大框眼镜。在交谈之前我就察觉到，这不是日本人吗？

"你好。"

我向他问好，他站了起来。

"你好，我是 OGO 印度开发科的森下。你是井桁商业公司的伊丹先生吧？"

很没面子的是，我没能立刻回应他。

OGO 是法国的能源企业。OGO 的人竟然在白沙村，我完全没有预料到。OGO 在印度有分社，在孟加拉国应该还没有。

而且，森下明显是个日本人。他讲话的语调一听就是个土生土长的日本人，还带有些不知道是哪个地方的口音。OGO 竟然往孟加拉国派遣日籍员工，真是太意外了。

再加上森下看出我是井桁商业公司的人，让我备受打击。我没有对方的情报，对方却知道我。

我的脸上可能不自觉地显露出了震惊的表情。有一瞬间，我捕捉到森下的笑容里带有侮辱之意。

他说：

"你感到惊讶也很正常。伊丹这个名字我是从村民那儿听到的，他们说今天邀请了我和另一位井桁商业公司的伊丹先生。"

"哦，原来如此。"

只要发出声音，马上就能恢复平静，同时也有了观察对手的余裕。森下这个男人摆出一副从容不迫的样子，其实嫩得很。

"OGO 印度的森下先生，听说你们 OGO 把全部精力都放在孟加拉湾上。"

"真厉害，原来你早有耳闻。"

"在印尼的时候，我经常听到这种传言，不过也仅止于传言。但既然看到你在这里，那就说明……"

森下把我的话接了过去：

"说明我们对陆地上的天然气也有兴趣。我们知道井桁商业公司看中了这块地方，好像很有希望，所以公司派我过来。没想到和你在这样的情况下首度见面，今后还请多多关照！"

东北部的开发起步晚，我不认为我们公司能够垄断经营。我知道其他公司早晚会参与进来，可是对于别人已经出手的事后知后觉，这就是个大问题了。照理说我应该能及时察觉到印度企业有所动作的，看来回达卡后有必要调整收集情报的方式了。

森下来到白沙村的理由毋庸置疑。一定是OGO发现白沙村是块开发要地，于是主动接近，却惨遭拒绝。

"收到信了？"

我简洁地询问道，这句话里包含着"是不是收到一封让你单独前来的信"之意。森下点点头。

"是的。"

把两家竞争公司一同喊来做什么？虽然不知道他们的意图，不过感觉很不好。森下是不是也有这种感觉？我慢慢地坐到地毯上，之后一言不发。

我们没有等太久。几分钟后，刚才把我带来这里的几个男人回来了。站在最前面的那个说了些什么，我只听懂了"阿兰姆""当家的"这两个词。我偷偷瞧了眼森下，他马上明白了我不懂孟加拉语。

　　"他们说，当家的阿兰姆马上就来。"

　　OGO派来的人不需要翻译，自己就是个懂语言的谈判家。在人才这方面，我们公司确实棋差一着。

　　待会儿再想该怎么应付OGO吧，这时有个男人走了进来。

　　斋藤说过，阿兰姆是个精悍的男人。如果是我的话，可能会换一种形容。他有棱有角的眼窝里，鲜明地并存着残酷与理性。这种人我以前见过。白沙村的当家人阿兰姆·阿不德，令我想起了战士。

　　很显然，他并不欢迎我们。不过他还是用英语如此开场：

　　"欢迎，你们可以放轻松点。"

　　说完，他盘腿坐下。

　　他依次看看我和森下。光是坐在森下旁边，就能感觉到他完全被镇住了。

　　"我是这个村子的当家的，我叫阿兰姆·阿不德。伊丹先生，森下先生，没想到会邀请你们来此地，要不是受到其他当家的所托，可能我们根本不会见面。"

　　阿兰姆的声音深沉而有力。他说着带口音的英语都这么铿锵，要是说孟加拉语的话，一定更有说服力吧。他突然看着我。

"斋藤先生的伤怎么样了？"

我情不自禁收了收下巴。

"他的手臂断了，不过应该能治好。"

"是吗？我命令手下将他赶出去，而不是打他。可能是我没讲清楚，抱歉。"

"……"

"不过——"阿兰姆加强了语气，"不可以把他的负伤当成单纯的不幸，应该视为一种警告。今天我想说的只有这些。"

"我明白。"

我答道，随后咽了口口水。至少和他对上话了，接下去可以试着进行交涉。

"不过，听完斋藤的报告，我还是不明白为什么你如此抗拒我们。我们并不打算从你那里夺取什么，我们的目标是几小时车程外的无人区地底下的东西。"

阿兰姆点点头。

"我知道天然气的事。"

"没错，就是天然气。巴基斯坦政府曾经做过调查，认为在能够钻探的深度下没有天然气。不过我们一定可以。为了钻探，我们需要燃料，还需要稳定的供电和电话。食物和水也必不可少，医药品也是。如果没有的话，我们无法安心工作。

"我们并不是在要求你们免费提供这些物资，只是希望能有个放置的场所。希望你们能借一块这附近空着的地方给我们。当然，我们会付钱，会支付合适的补偿金。斋藤应该也告诉过你这些吧……"

"伊丹先生！"阿兰姆用低沉的声音盖住了我的话——这是霸道、强劲的声音，"不是钱的问题。"

森下说：

"那么请问你是在担心土地吗？如果你认为我们会像当年的英国人一样抢夺土地，那你多虑了。所有的事宜都会写在合同上，规定一个期限，期满后我们会把一切都完璧归赵的。"

阿兰姆瞪大了眼睛。

"撒谎！"仅仅两个字，就让森下紧紧地闭上了嘴，"的确，集聚地或许能还给我们，但你们挖的是天然气吧？要把天然气运回你们的国家，得接输气管去港口。所以说归还土地不是那么容易的事。没错吧？"

森下没能作答。也就是说，OGO把天然气的运输想得太乐观了。我必须得拿下这一分。

"井桁商业公司一旦挖到天然气，为表诚意一定绕过白沙村排输气管。"

如果绕过这里，建设费与维修费都将提高，可能还会遭到洪水毫不留情的袭击，但我认为现在只能妥协。可阿兰姆还是摇头。

"我只是指出了森下先生所言不实，请不要以为只要改变排气管的路线就万事大吉了。"

"我们公司当然也可以保证不让排气管经过这里……"

森下为了掩饰失败赶紧补充道，可阿兰姆根本不理他。

通过这些对话，我揣测着阿兰姆。他具有领袖魅力，有见识。我甚至觉得比起在村里做当家的，他更适合成为一名政治领袖。另外，他不是个草率的人，但反过来，他也不是不听取别人意见的倔强之人。

既然他拒绝了井桁，也拒绝了OGO，那么一定是有充分的理由。我必须得把他的理由套出来，我的身体不知不觉地向前倾。

"你不关心钱，应该也不单单是土地的问题。我不能就这样被拒绝，然后回去。请务必告诉我理由，是这个村子比较特殊吗？"

"我应该已经说过了，我只是想警告你们而已。"

"阿兰姆先生，我并没有擅自闯入这个村子，是收到了一封邀请信才赶来的。也许这并非你本意，可是我收到以村子的名义寄来的信是既定的事实。既然这样，连我小小的疑问都不肯回答是不是太虚情假意了？"

阿兰姆首度垂下了视线。我越说越激昂：

"如果是能够解决的问题，我会尽自己最大的努力！如果明白问题无法解决，那我只能放弃。我将撤销申请，从此再也不踏足此地！"

接下去只能看他如何回应了。阿兰姆闭上眼睛，像是在冥想。

等了很久，阿兰姆缓缓张开眼睛，说道：

"好，那我告诉你吧。"

他讷讷而言。

"我曾经在英国待过，想学习知识，出人头地。当时为赚留学钱吃了不少苦，这个村子的人也帮了我很多。到了英国，我发现自己的国家很贫瘠。给土地带来生命的甘水和夺走生命的洪水把我们玩弄于股掌之间，大家在没有医疗和社会保障的制度下死去。

"四年后，我来到达卡，当了官，有了出息。本打算拼尽全力要让孟加拉国脱贫致富，不过很可惜，我在官场中败落了。你应该知道原因吧？"

我回答：

"我不知道。"

"你应该也经历过。当时的我十分有理想，可以说太过于理想化了。年轻时，我十分蔑视这个国家的传统。只要是这个国家的官员，就不可能避免贿赂。无论是行贿还是受贿。

"我不认为孟加拉国的行政官员从上到下个个都是贪官，这个国家的中枢一定有清廉的人。可是我周围的环境很恶劣，这道墙壁光靠语言是无法逾越的。当察觉到这一点时，我已经失去了晋升的机会。"

他偷偷地叹了一小口气，却被我看见了。

"只要留在达卡，就能以下级官僚的身份吃香的喝辣的。可我还是选择回到了这个村子。我打算活用自己的知识，使这个村子幸福起来。终于，很荣幸我被推选为当家的。不过，我没有忘记过去的一切，没有忘记想要使这个国家脱贫致富的愿望。"

低着头的阿兰姆突然抬起眼睛瞪着我们。

"伊丹先生，森下先生，我知道在这个村子的北方，沉睡着天然气，其储量深不可测，一旦挖到，利益将非常庞大。很可惜，凭目前孟加拉国的技术能力、经济能力还无法挖掘，不过……

"不过，这个国家总有一天会需要那些天然气的。想要让一亿数千万的孟加拉人过上富裕的生活，必定会无限量地需要能源。那些能源，应该使用在我的子孙身上，用来照明、冷却食物、打水。井桁商业公司，OGO，你们听好了，我绝不会把这些资源给日本和法国！"

可以的话我真想咂咂嘴。我以为他只是单纯地不希望土地被夺走，只是普通农村级别的抗议而已。

我想得太简单了，没想到白沙村里竟然有这么一号人物。

森下拼命反驳道：

"但……但是，我们并没有打算拿走所有的天然气，你误会了。我们是希望以共享制的方式合作！"

"确实，共享制的话，会将一部分产量分给孟加拉国。"

"是的，你不是也说了吗？孟加拉国没有技术，也没有资金，那么即使资源再庞大也等同于不存在。OGO可以提供你们国家缺乏的东西，作为交换，我们将分得一部分产量。这是再公平不过的交易了！"

如果森下是我的下属，说不定我已经对他开骂了。他理解错了，阿兰姆·阿不德根本不是这个意思。

阿兰姆的眼神带有一丝凶暴。

"你根本没懂，现在给我听好了！"这番话几乎就是恐吓，甚至可以说是宣战声明，"此地以北的天然气，全归将来的孟加拉国所有。不可能现在让给法国，我们只分得一杯羹。这些天然气，哪怕一立方我都不给其他国家。我敬佩你敢单枪匹马前来，今天就放你回去。不过如果还有下次，记住，下次就不是当家的来迎接你了。虽然孟加拉国是个和平的国家，但来复枪到处皆有。"

四

"可恶，这个装模作样的家伙！"

在强烈的日光下，森下皱着脸恶骂道。

确实，阿兰姆只是一个装模作样的当家的。无论他多有教养、多有思想，走出村子，他便一无是处。这一点，阿兰姆自己应该也很清楚。

然而，他却能将我们骂得狗血淋头。是虚张声势吗？

他应该已经决定不做当家的了。虽然不知道他有多少拥护者，但殴打斋藤的那几个人肯定是。下一次他出现在我们面前，好的情况是作为反对运动的指挥者，坏的情况是作为武装势力的指挥者。

我很茫然。在得不到孟加拉国政府支持的当下，万一发生了伴随武力的强烈反对运动，公司还会允许我继续开发吗？毕竟开发才刚刚起步，现在喊停的话亏损最小。至少，公司一定会下令让我放弃东北部，另寻其他地区。印尼的丰功伟绩、晋升为开发室长、背井离乡、肩负众望、受的伤、离去的朋友们……这些事毫无章序地闪过我脑中。

"我得赶回去报告，先走一步。"

森下毫不掩饰焦躁的情绪，转过身去。我犹豫了。如果现在离开此地，下一次再来不知道是多少年后的事了。是不是还有什么别的办法……

这时，有个人影向伫立不动的我走来。

"伊丹先生……"

正打算钻进吉普车的森下也被喊住了。

"森下先生……"

叫住我们的是一位矮小的老人家。他拄着拐杖，弯腰驼背，晒得黢黑的脸上刻着深深的皱纹。他的英语比阿兰姆差得多。

"请等一下，当家的想见一见你们，请跟我来。"

我和森下面面相觑。

老人把我们带到一条小巷子里。我们穿行于建筑物与建筑物之间、木头与墙壁之间，终于来到一栋民居前。这栋民居和其他屋子在材料上没什么两样，只是格外大。

"入口在这里，请。"

是侧门还是后门？反正一定是平时用不太到的入口。我们走进去，来到走廊上，可是越来越感到不安。这么大的房子住十个人也是绰绰有余的，从饭香和墙壁的痕迹来看，这里有人生活，可我一个人也没见到。这种时候，衬衫里的防弹背心让我感到安心。

"这边请。"

老人在某间房前驻足，低下头说道。他所示意的房间没有门，似乎连一丝光线也没有，无法看清里面的情况。不过从飘着的青烟推断，里面有人。

"好像很不妙。"

森下用透着胆怯的声音说道。坦白说，我也有不好的预感。阿兰姆说放我们回去，可阿兰姆的手下不一定答应。虽然这位老人家不像是阿兰姆的忠实拥护者，但也不是什么好人。

正当我们踌躇之时，房内传来人声，说的是孟加拉语。于是我看看森下。

"他说什么？"

为我所仰仗，森下缓了过来，绷紧的表情松弛了。

"他说不用担心，很欢迎我们。"

我并没有轻信这句话。不过此人的声音有些沙哑，听上去年纪挺大的。带我们来的人也好，这个声音的主人也好，都不是年轻人。如果他们打算揍我们，没必要带我们来这里，在大马路上就可以。我吸了口气，下定决心，弯下身子进入漆黑的房间。

那是一个奇怪的空间。在黑暗中，男人们围坐在一起，我默数了一下，一共有六个人。我闻到满屋子的香烟味里夹杂着一丝老人臭。借着香烟的火光，我发现每一张脸上都布满深深的皱纹，好几个人连胡子都白了。

有一个人用英语说：

"来，再往里一点，请坐。"

森下跟着我走进去。我们既不能和他们一起围坐，也不见得一直站着，只好坐在了他们围成的圆圈中央。集四面八方的视线于一身，也不如被阿兰姆一个人注视来得恐怖。我挺直背脊，大方地坐下。

刚才说英语的老人，缓缓地继续：

"欢迎，日本的朋友和法国的朋友。不对，你不是法国人吧？"

对这个简单的问题，森下直率地点点头。

"是的，我就职于法国企业，我是日本人。"

"哦，原来如此。我叫沙阿·真纳，是当家的。聚集在这里的所有人都是这个村子的当家的。"

沙阿的英语很难听懂，口音也很重，但是足以进行对话。按他的年纪推算，在英国殖民时期应该已经成年了。所以他会说英语并不奇怪。

"先休息一下吧，你们渴了吧？"

还没等我们回答，面前就已经摆上了杯子。带我们来这里的老人不知何时端着盘子站在一旁。从杯子中飘出红茶的香气和甘甜的味道，这应该是印度茶吧。

拒绝别人的款待是很失礼的，于是我乖乖地拿起杯子。

"谢谢，那我不客气了。"

茶不冷不热，甜得快摧毁味觉了。不惜多放砂糖应该也是款待的证据吧。森下也拿起杯子，我捕捉到了一瞬间他扭曲的表情。他可能不喜甜食。

待我们放下杯子,沙阿徐徐地开口:

"两位,感谢你们特地从远方赶来。写信给你们的人正是我。"

"是这样啊?"

我知道那封信不是阿兰姆写的。

"那么劝阿兰姆见我们的人也是你?"

"是的,他一直都特别严肃吧?"沙阿哈哈大笑起来,突然探出上半身,"怎么样,最后他妥协了吗?能不能告诉我们,他是怎么说的?"

我终于明白了。

锡尔赫特的导游说过,白沙村的阿兰姆派和反阿兰姆派在内斗。这些老人,不,这些当家的应该就是反阿兰姆的人。我与阿兰姆的谈判破裂了,以后再也不可能进行交涉了。既然这样,现在井桁商业公司应该找的是这些人。

森下先我一步作答:

"当然,沙阿先生。"

"拜托了。"

"阿兰姆拒绝了我们,他说哪怕一立方都不给。我和他说明过,即使法国进行开采,挖出的资源也是由法孟共享的。"

"果然啊。"

沙阿的脸上失去了笑容。他在昏暗中垂下眼睛,缓慢地抚摸着白须。坐在沙阿旁边的男人小声问了些什么，沙阿用孟加拉语回答后，围坐着的人们开始起哄，每张脸上都浮现出失望之情。

我打算套套话。

"诸位应该与阿兰姆持不同意见吧？"

回答伴随着叹息。

"我不明白阿兰姆所说的，大家也一样。"

"不明白是指？"

沙阿死死地看着我，缓缓地说：

"阿兰姆说我们很贫穷，他说留过学才知道了这一点。确实，我们的生活并不完美，和达卡比差很多，和英国比就更差了。不过，是不是见到富裕才明白贫穷？是不是比不上富裕就是贫穷？我们的生活也有不幸，也有无法承受之处，可是，我们并不认为自己是贫穷、可怜的。"

孟加拉国的国民生产总值很低，从数值上来讲可以算是亚洲最贫穷的国家。可是不要说城市里的贫民区，即使到了农村，也丝毫感觉不到贫穷带来的悲壮感。因为他们认定并接受了现有的生活。

"当然，如果有人提出脱贫致富，谁也不会反对。而且阿兰姆是个非常聪明的男人，作为当家的，他做得不能再好了。我能理解年轻人为什么喜欢他。可是，他拒绝了你们，这让人感到很不可思议，很多人都这么认为。

"日本的朋友，法国的朋友，既然你们来这里，说明这里的电力将会稳定供给吧？"

我毫不迟疑地回答：

"是的，当然。"

"水可能不够，你们会挖井吧？"

"当然会挖。"

"有人生病或者受伤怎么办？你们会在这里安排医生吧？"

"这点已经在计划安排了。"

沙阿把视线投向我的后方。我回头，看见端给我们印度茶的老人站在那里。

"他的孙子正罹患疾病。曾经那么可爱的孩子，现在眼睛完全凹陷下去，面容憔悴，像个老年人似的。咒术师再怎么祈祷，这孩子也只是一天比一天衰弱，可能已经撑不了多久了。虽然很不幸，但过去我们认为这是生活中不可避免的。可是，现在我们有避免的办法了。只要把空置的土地借给你们，帮助你们在某个地方挖掘，就能拥有电、水、医生。如果这个村子里有医生，他的孙子也许能获救。这不就是阿兰姆一直强调的富裕吗？

"可是阿兰姆说，和孟加拉国的未来相比，白沙村的问题根本不重要。或许他是对的，他所说的合情合理。可是不把村子的问题放在首位的男人，不配做当家的！他聚集了村里的年轻人，净说些大话。我们不怕战斗，独立战争的时候许多年轻人都拿起了枪杆子，我也很支持，因为有战斗的价值。可是对于你们，我不认为对抗有多大价值。而且，如果阿兰姆对你们开枪，孟加拉国的国军就会攻击我们。阿兰姆很危险，他要把这个村子带向毁灭……"

沙阿语毕。

黑漆漆的房间变得沉重又沉默。我和森下什么也没说，只要拉拢沙阿，开发将变得很有希望。可是，我能够想象到对话的结局——决不会轻松愉快。

果然，沙阿询问道：

"日本的朋友，法国的朋友，你们想在这里设据点吗？"

我们马上回答：

"想！"

"无论如何都想？"

"没错！"

"为此愿意做任何事？"

我犹豫了，可森下当机立断地回应：

"愿意！"

既然如此，我也必须马上做决断。

"愿意，无论做任何事。"

"很好！"

沙阿大声说道。然后，他像宣判似的说：

"杀了阿兰姆·阿不德。只要杀了他，白沙村将非常乐意提供土地。"

不知不觉地，我开始左顾右盼。围坐着的人们保持沉默，现场鸦雀无声。或许他们不懂英语，可他们暗淡的眼神，清楚表明了他们是知道这一提案的。

我明白了，死刑的判决已下，问题是我们愿不愿意当刑吏。

五

直到太阳下山为止，我都在森下的车里打发时间。

我不嗜烟，一天抽三支就算多的了，森下却是个烟鬼。或许他是由于太紧张了，不得不抽。他一支接着一支地抽，烟灰缸不一会儿就堆成了山。

在那个昏暗的房间里，我是这样回答沙阿的：

"如果被警察抓住，就无法继续工作了，那么一切将毫无意义。"

"当然。"

"你有什么计划吗？"

我说这话，表示已经答应了。

森下也没有提出异议。他似乎和我一样，当即就下定了决心。

沙阿回答：

“有。”

“说来听听。”

“先给个明确的答复。杀不杀阿兰姆·阿不德？”

在孟加拉国，点头这个动作不代表同意。不过我为了确认自己的决心，狠狠地点了点头。

“为了工作，没办法。”

沙阿把视线转向森下。

“你呢？”

森下没有任何肢体语言，低声回答：

“杀。”

之后的对话变得很奇妙。虽说这个季节很舒适，可八个人坐在一个密不透风的房间里——六个当家的围坐成一圈，我和森下坐在中间。其中五个人自始至终都不发一言，大概是为了表现出责任感，一直凝视着整个现场。我汗流浃背，不知不觉喝完了他们招待的印度茶。黑暗中，总是有人给烟点火，烟味久久不得消散。在这里，我们讨论的是如何杀死一个人。杀人的任务是落在了就职于法国企业OGO的森下身上，还是现任井桁商业公司孟加拉国开发室长的我身上？抑或是我们俩人？我在脑中某处思考着：这不正常，应该立刻站起来，头也不回地逃跑才是。可是这种想法十分微弱，总的来说，我好像在斟酌似的认真听着沙阿的计划。

他如此说道：

"我们马上要去一块远离村子的土地。村民对农地的分割存有争议，他们在等当家的去裁定。这种场合必须所有的当家的都到场，当然也包括阿兰姆·阿不德。回程时应该已经是傍晚了，光线昏暗，从远处根本看不见人影。我们讨厌凹凸不平的泥土路，会选择走马路。

"这时，一辆车开来，不幸碾过阿兰姆后逃逸。虽然很可怜，不过这种事常发生。见证事故的只有我们这些当家的，可惜我们年纪都大了，说不出车辆的特征。警察会一如既往地留下安慰的只字片语后，把事故定性为意外车祸。

"万一阿兰姆还一息尚存，我们将会对他进行急救，可惜我们不懂得如何急救，只会令伤势加重而已。"

这个简单的手法在日本很有可能会被交通鉴定科识破，但是目前孟加拉国警察的鉴定技术不可能与日本齐肩。而且越是简单的战略越容易对付突发情况，我认为这个计划不错。

森下询问道：

"不过，阿兰姆的信徒们怎么办？失去阿兰姆，他们会不会变得更顽固？"

"不用担心，阿兰姆的信徒中没有当家的。无论他们怎么想，都不可能改变村子的方针。而且，我不认为他们十分理解阿兰姆，不至于要继承阿兰姆的遗志。"

方法可行，不必担心留祸根。可是想象一下实际行动，还是会发现一些细节问题。

"当家的，我没有信心能在黄昏中分辨出你们，可能会把别人错认成阿兰姆。"

"阿兰姆最年轻，能不能通过走路的方法辨认？"

"为了让'意外'发生，车子的行驶速度必定很快，所以很难分清楚。"

"原来如此。"

沙阿沉默了。只要稍不留意，自己就会身处险境，这个问题不容小觑。

森下提出了解决方案：

"我车上有夜间紧急情况下用的荧光棒，把荧光棒放在阿兰姆身上当记号怎么样？"

"荧光棒？"

沙阿听到这个不熟悉的词，面露惊讶。

"看上去只是一根塑料棒，只要弯曲一下就会亮起来，在需要时用即可。"

"原来有这种东西……不过，或许很难放到他身上。"

"那么除了阿兰姆之外的所有人都带一根怎么样？数量应该够。"

沙阿点点头。

"可以。"

我从森下的提议中感到了很大的希望。

并非提议内容。有荧光棒只是走运，没有也可以用其他方法代替。让我感到希望的是，这表示他愿意加入这个计划。井桁商业公司和OGO，虽然我们所属阵营不同，但我觉得森下也是个不惜牺牲一切的果断之人。我开始对他产生一种伙伴意识。

接下去要考虑的就是造成"意外"该使用哪辆车。我开的是旅行车，前面没有保险杠，撞人后肯定会留下明显损伤。森下开的是吉普车，"意外"还是由吉普车来造成比较好。身担重任，吉普车由我来驾驶，森下当我的副驾。我们很快就商量好了。

然后就没什么需要思考的了。我们假装离开村子，提前来到预知地点藏匿车身，等待着黄昏与阿兰姆的来临。我们把车停在大叶树的树荫下，森下本能地一个劲抽着烟。

孟加拉国位于北半球，照理说十一月的白昼很短，今天我却感觉特别长。

当周围的景色渐渐被夕阳染红之际，森下的烟终于抽完了。他一把捏住空烟盒，扔到后排。我还以为是法国烟呢，隐约可见的烟盒看上去像七星牌。

这几个小时，我和森下都没有说话，并不是因为有什么矛盾。这十五年来，我经历了许多次"战役"，可还是第一次打发等待杀人的时间，所以完全没有说话的欲望。森下应该与我是同样的心情吧。

可是烟抽完了，森下好像忍受不了沉默，说了些奇怪的话。

"伊丹先生，你看见了吗？他们把荧光棒挂在腰间，看上去很怪哦。"

"嗯……或许吧。"

"我一直在想，好像在哪儿听说过这个故事。把挂在腰间的灯当记号，攻击没有灯的人。你听说过吗？"

我思索了一下。

"盔甲上的旗帜也是一个道理吧，为了区分敌我。以现在的技术可能会用电波来画一杆旗。"

森下发出了干涩的笑声。

"旗帜原来是这个道理。也就是说，这里是战场喽？"

我没能回答。森下丝毫不介意，假装开朗地说：

"我是冈山县出身，我们那儿有一部《备后国风土记》，其中有一则相似的故事。

"一天，异邦人来到了村里，村里住着贫穷的哥哥和富裕的弟弟。弟弟没有让异邦人留宿，贫穷的哥哥却愉快地腾出房间，还给异邦人准备了饭菜。其实这个异邦人是掌管瘟疫的神。"

"嗯。"

"不久神又来了，为了以瘟疫杀死没有让他留宿的有钱人一家。不过，有钱人家里有一个哥哥家里嫁过去的女儿。"

"真奇怪，哥哥怎么可以把女儿嫁给弟弟？"

"并不一定是嫁给了弟弟，弟弟家里应该有许多仆人。总之，欠哥哥人情的神把逃避灾祸的方法告诉了哥哥——用茅草做个环，挂在腰上。只要挂着这个草环就是哥哥的家人，神会救她。结果，弟弟一家全部死光了，只有一个腰间挂着草环的女人得救了。"

我接过了话茬：

"后来，据说只要证明自己是'穷哥哥'的子孙，就不会得瘟疫。草环越做越大，现在仪式已经变为整个人穿过草环了。"

森下苦笑了一下。

"什么嘛，原来你知道。"

"听着听着就想起来了。是'苏民将来'的故事吧？"

我把手放在方向盘上，注视着越发昏暗的孟加拉国的平原。

"草环变成了荧光棒……也就是说我们是瘟神？"

"不，恐怕不是我们吧。"

"啊，也是。"

将恩惠施予留宿自己的村民，将死亡带给拒绝自己的村民。这样一个异邦之神，并不是我或森下某个个体。

神的名字一定是"资源"。将要发生的事，是不可阻挡的神的脚步，我们只不过是神的尖兵而已。阿兰姆不为我所杀，是为神所杀。

一旦张口，话匣子就打开了。

"话说回来，你说这则故事是《备后国风土记》里的，其实不太对。我记得应该是《备后国风土记逸文》中的。"

森下发出一阵赞叹声。

"商业公司里的人连这种知识都知道？"

"我知道很正常，因为有很多机会与不同的人接触，会记住许多无聊的小事。森下先生竟然知道'苏民将来'的故事，我感到很意外。"

"是吗？"

"如果让你感到不愉快的话，我很抱歉。只不过你就职于法国企业，还会说孟加拉语，所以我以为你在日本生活的时间不长。"

我知道就职于外资企业的日本人越来越多。不过在我周围，就职于外企的人多半是因为找不到日企的工作，都是些怪人。可能就连我自己也没能摆脱这种偏见。

"原来如此。"

虽然是很私人的话题，不过森下看上去并没有不愉快。

"并不是哦，我是在日本读完的大学。学完东洋哲学后，可能是劫数已到，等我回过神来已经在南亚旅行了。当时我学会了孟加拉语，所以想干脆找个能使用孟加拉语的工作，可是吃了很多闭门羹。对了，我也面试过井桁商业公司，当时面试官问我：'孟加拉语是哪国的语言啊？'"

姑且不论现在，过去总公司的人事不可能对孟加拉语有过高的评价。可如果森下是我的下属，工作也许会顺利很多。

"所以我放弃在国内找工作，通过朋友介绍进入了OGO。不过两个月就回一次日本。"

"是这样啊。"

如此频繁地回国，恐怕不是出于单纯的乡愁。应该是日本有自己牵挂的家人或恋人。

"日本啊……我不太回去。"

"现在是秋天，红叶的季节，很舒适哦，"森下笑了笑继续说，"我还见过有人钻草环，好像是夏天吧。在附近的神社里，有一个大草环。排队的人太多了，中途我感到厌烦了，于是脱了队。我是个但求实在的人，万物皆浮云，唯有章鱼丸子好啊。"

这副陶然之景，我好像也在哪里见过。草环就算了，庙会的喧嚣与兴奋在离开日本十几年的我的心中鲜活地苏醒。眩目的灯泡、热腾腾的铁板，孩子们奔跑穿行于人群的间隙。在那样一个特别的日子里，街上依旧充斥着灯火。

突然，我忍不住脱口而出：

"我们为这项计划已经付出了很大的代价。如果只是有人受伤也就罢了，竟然还有人送了命。就算是为了他们，我也不能退出。虽然这么说对 OGO 不太好，但我一定会拿下天然气的。这些天然气将会成为日本夜摊的灯光，成为章鱼丸子的温度，成为城市的光芒。"

森下缓缓摇了摇头。

"很不巧，圣诞节也要张灯结彩。我不说是为了法国，其实每个国家都需要能源。"

此时，手表上设置的闹钟响了。约定的时间到了。

当晚霞渐淡，暮色将至，我聚精会神地看着平原的尽头。在远处，能看见豆大的人影。看不清具体人数，不过一定没错。

我发动引擎，握紧方向盘。

我以为自己会颤抖，会胆怯。可实际上，我比想象中更大胆、冷静。胆量过大的人，适合杀人吧？这个特质真多余。

"好了，动手吧。"

我喃喃说道，不等森下回复就踩下了油门。

六

暮色中，景色飞快地后退着。吉普车加速慢，随着挡位越来越高，马达的震动传遍全身。

现在时速多少来着？在平坦的地面上很难估计车速，我稍稍瞥了一眼仪表盘，发现时速已经超过一百公里了。

前方的人影横向排成一列。如果是竖向一列就安全了，可这条路毕竟没什么车。他们或许是不想挤在一块儿才分得这么开吧，或许亦是他们的策略。

正如我所担心的，黄昏的微光马上就要消失了，完全分不清这一列人中哪个才是阿兰姆·阿不德。再加上我们是从他们的身后直驱逼近的，就更难分辨了。不过此时，我由衷感慨：荧光棒真是个绝世妙计，至少不会看错他们腰间的黄色棒子。我紧紧握住方向盘，小心翼翼地问道：

"森下，是最右边的那个男人吧？"

他没有回答。时速已经超过一百二十公里了，我又快速问了一遍：

"最右边的男人是阿兰姆吧？"

眼看着就要撞上了，横向一列的队伍散开了。那些当家的知道内情，虽然年纪大了，可反应很快。我喊道：

"右！一定是最右边的男人！"

快撞上了，男人回过头来。还没近到能看得清脸，我也只关心腰间。确实只有这个男人的腰间没有荧光棒。

副驾驶座上响起一个憋了很久的声音：

"没错，就是他！撞他！"

我猛地一脚踩下油门。终于看清男人的脸了，一张呆若木鸡的脸。我觉得这张脸很蠢。

下一个瞬间，时速一百四十公里的吉普车撞上了阿兰姆·阿不德的肉体。

阿兰姆的身体在我面前弯折，头部撞上发动机盖。他弹跳、飞跃，像表演杂技般落在了吉普车顶。我与那张呆滞的脸对视了一下，他好像既不痛苦也不害怕。也许他瞬间就断了气吧，因为有一瞬间我清楚看见他的脖子扭得很不自然。

学生时期，有一次我借了辆车去北海道旅行。当时，我撞上了一头不幸冲到马路上的鹿，受了很大冲击，还以为车子会被压碎。现在，吉普车比当时的租赁车牢固，阿兰姆的体重也比鹿轻，所以冲击比我想象中小得多。

阿兰姆现在位于车顶，不在视野范围内。此时我的想法有点异常。刚刚才撞了人，脑中却在思考：道路凹凸不平，车速又快，如果现在踩急刹车的话一定很危险。于是我慢慢停下了车。

吉普车停了一会儿，我说：

"不好意思，森下，你能去看看他死了没有吗？"

"什么？"

"我现在还不能松开方向盘，所以你去看看他到

176

底死了没有。"

随后我看了一眼边上的森下。

他的脸上毫无血色，不仅如此，甚至丧失了理性与意志，是张惨不忍睹的脸。

我的背脊突然一凉。

这个男人不行，不值得信任。我与一个废物共同完成了一件"大事"。

当时森下哭泣的脸，看上去真稚嫩。

七

在锡尔赫特住了一晚，十七号的中午我回到达卡。

得到白沙村的协助，设置据点变得十分有望。今后可以大举开发了，希望通过十个月的试钻能够挖到天然气。

不过出现了新问题——OGO的加入。我一边让下属查OGO印度分社的动向，一边考虑是否需要共同开发。回到公司的那天，光是按顺序完成必要的工作就令我手忙脚乱了。

不过再忙也有突然空下来的可能。让下属把资料从仓库搬进办公室的这段时间，我空下了。其间我翻开笔记本，打了通电话。我拨的是OGO法人的号码。

OGO 是法国企业，我不会说法语。电话那头说的我听不懂，不过幸好法国原本属于英国殖民地。我一说"hello"，对方就自然转换为英语了。

"你好，这里是 OGO。"

我犹豫要不要报井桁商业公司的名字。我们公司还没有正式与 OGO 印度分社有过接触。若站在公司立场，或许不该冒昧打电话，而是应当循序渐进地接触——这只是表面上的理由罢了。现在想想，其实我当时或许已经预料到对话的结果了。

"我是白沙村的沙阿，我想找开发科的森下先生。"

如果是白沙村的人应当说孟加拉语，不过电话那头似乎没有怀疑。说来也是，如果不了解的话根本不会知道"白沙村"在哪里。

很快，电话被转到开发科。接下去听到的消息，正是我那天晚上所担心的。

自称是森下上司的男人，操着一口法国口音的英语说：

"森下？他昨天辞职了。"

"辞职？"

"是的。"

我提高了嗓音：

"那……那么现在他人在印度？"

"不……他说他要回日本。"

我的心情一下子变得沉重，接着，从心底涌上一股暗火。

也就是说，森下没能沉住气。他嘴上说得好，假装已经做好了心理准备，其实都是假的。他根本不了解自己，只是信口开河罢了。他在回 OGO 印度分社的路上，应该满脑子都是辞职的想法吧。

前天，我就察觉到森下可能撑不住了。果不出所料，他选择了逃避。

我可不能让他逃走。

我说：

"是吗？不过我有事情要和森下先生说。能告诉我他的联系方式吗？"

"有什么话，我来转达吧。"

"不，我和森下先生说好要直接告诉他的。"

"不过……"

对方开始含糊其辞。

虽说是原公司员工，可毕竟关系个人隐私，也难怪对方嘴紧。所以，这时候就要靠说话技巧了。你们员工连交接工作都不做就突然消失，联系方式也没有，我不知道该如何是好。其实本应让 OGO 来收拾这个烂摊子的，可如果打个国际电话就能解决的话我也就不打算追究了。然而你们竟然连他的联系方式都不告诉我，也太不负责任了吧。我大概是这么说的。

OGO 没有继续坚持。

"知道了，请你记录。"

打听到的地址是东京城市酒店。我还以为他会回老家，不过看来他杀了人后并不打算抱着老妈哭。他应该是想先找家酒店住下，等平静了再思考以后的路。

他的心意已决。

我必须杀了森下。

他根本没动手杀人，却如此害怕，仅仅一天就逃回了日本。看来强大的罪恶感正折磨着他。对于人类来说，这也许是正确的，不过对我来说则是个大麻烦。

如果他只是自己祭拜阿兰姆·阿不德，那没关系，我甚至愿意出点香火钱。可是，如果他把这个天大的秘密给公开了……完了。不止我，才刚刚开始的孟加拉国开发计划将被好奇的国民围观，可能不得不中止。

胆小之徒不知道会干出什么事。是我的错，和一个不讲信用的人共享了秘密。看来只能自己弥补了。幸好我是室长，能够自己酌情安排出差。

放下打给 OGO 印度分社的电话，我看了看时间。日本和孟加拉国的时差是三小时，现在日本时间是下午五点。

由于还没正式开发，如果设定成和日本企业进行商谈而回国，就不能缺少详细的材料。我打开笔记本，找到个适当的目标。大田区有一家成功改良脱硫装置的公司，我想早晚得和他们打交道，这家公司正好能成为自己的伪装。我马上拨起了电话。这里的电话线路经常出故障，天助我也，这天特别顺畅。不一会儿，我就从听筒里听见一个操着日语的粗重嗓音：

"你好，这里是吉田工业。"

"喂，不好意思在百忙之中打扰您，我是井桁商业公司的伊丹。其实关于贵社的脱硫装置，我有些想询问的情况。如果可以的话，我想亲自拜访一次……"

"好，我马上把电话转给负责人。"

井桁商业公司的面子很大，我们马上就定下了后天当面商谈的事。挂上电话，我告诉一旁的孟加拉籍员工：

"不好意思，我刚回来就要出差，最晚五天后回来，剩下的事就拜托你了。如果有什么事，打总公司的那个号码，我会留意电话留言的。"

当机立断是我的长处，这一点也渗透到当地员工身上了。虽然很突然，不过他毫不犹豫地答道：

"知道了，老大。"

三十分钟后，我已经坐上了驶向机场的出租车。和所有的商务洽谈相同，速度就是性命。

从孟加拉国没有直飞日本的航班，在出租车上我一直翻着航空时刻表，果然还是从吉隆坡转机最快。

　　从达卡到锡尔赫特，再从锡尔赫特到白沙村，完成了大抵的工作后返回达卡，再经由马来西亚回日本。本打算在飞机上小憩一会儿，却不如愿。

　　我好像做了个噩梦。当然会做噩梦了，三天前刚刚杀了一个人，现在又为再杀一人而飞往日本。可我想不起来那是个怎样的梦，甚至不记得是否真的是噩梦。

　　待我回过神来，一个戴着帽子的女人看着我的脸。我花了好一会儿才搞清现状。

　　"先生，您没事吧？"

　　她如此问我。听到飞机引擎持续低沉的轰鸣声，我才理解——我正处于飞往日本的飞机上，她是一名空姐。令她感到担心，想必我一定是在梦里显得很痛苦。我刚想挥手说没关系，可发现自己全身发软。空姐又问了一遍：

　　"没事吧？您出了很多汗。"

　　我把手放在额头上，好烫。就像淋过雨似的，汗珠黏在手心上。

　　虽然我对自己的体力很有信心，可终究还是太累了。幸好只是发烧而已，只要休息一下，马上就能恢复。但空姐皱着眉说：

"先生，我去拿温度计和退烧药来。"

真会小题大做，不过调整好身体也是工作之一。

"好的。"

我答道。

没想到这件事招来了不少麻烦。第二天，飞机抵达成田机场时，连抒发返乡之情的时间都没有，两个男人就出现在了我面前。他们的穿着类似于警服，我心里有鬼，一下子脸色煞白。不过他们的态度并不严肃，而是带着一副愧疚的神态。

"不好意思，不会耽搁您太多时间的，请配合一下。请问您是从哪里回来的？"

护照上有出入境记录，要是撒谎的话，只会徒增危险。

"孟加拉国。"

"原来如此。"

一个男人在书写板上写着什么，另一人说：

"别担心，请配合做一下检疫。"

三天两头坐飞机的我还是第一次以这种形式被拦下。要是耽搁久了就糟了，可如果违反政府机关的规定，可能会变得很麻烦。我决定老老实实地跟在他身后。

幸好，检疫内容十分简单。除了问诊，只要测量体温和采样，才花了不到三十分钟。可能是在飞机上吃的退烧药起效果了，当时我的体温已经恢复了正常。

"两三天后出结果，您的联系方式是？"

我想了一会儿，把一贯入住的有乐町的旅馆地址告诉了他们。

"请把电话号码写在这里。如果身体出现异常，请迅速就诊。"

两个男人礼貌地说完，马上就放了我。不用贿赂就能获得自由，我不由得感到新鲜。

话说回来，我多久没回过日本了？

在机场的公共电话亭，我看见有人把包放在脚边打电话。把包放在脚边不是等同于让别人"快来偷"吗？虽然事不关己，可我还是感到不安——我的想法可能已经偏离日本了，想到这儿，我不禁泛起苦笑。

先坐出租车去汽车租赁行。我在店门口问：

"有黑色的轿车吗？"

不料马上就找到了自己想要的车，这点也令我感动不已。

当然，租车记录对杀人不利，将产生风险。可车子是必不可少的，而且出差回日本的白领借辆车也不是什么怪事。于是我光明正大地写下了自己的名字。

我由于想买东西，因而一开始选择地面道路。

成田到新宿的路我记不太清了，不过应该有指路牌吧。我争分夺秒地来到此地，借到车后才稍微缓了口气。不经意间我看了一眼握着方向盘的手臂，高档西服已经皱了不少。没办法，谁让我是强行军呢？我的身体也很勉强。虽然不能喊累，但我的确还有些热度。其实从昨天开始我就没怎么进食，可杀人也是需要体力的，我想着这些理所应当的事。当我即将穿过成田市时，看见沿路有一块"炸猪排"的招牌。

"炸猪排^①，好像很吉利。"

突然发现，我许久未回国，竟然还记得吉不吉利这种事，于是莫名高兴起来。我干脆停下车，走进店里，坐在用粗绳编织的椅面上，看着菜单开始思考：炸猪排饭用日语怎么说来着？

半熟的蛋花、米黄色的大葱、厚厚的猪排、甜辣的调味都没让我觉得怀念。因为现在没这种心情。不知道为什么，附赠的一小碟腌蜂斗菜却让我心头一紧。我一边想着原来还有这种菜啊，一边咀嚼着。渐渐地，一种难以言表的感情涌上心头。

没想到，我会为了杀人而回到日本。三天前的我是怎么也不会相信的。命运多舛！我劝服自己这是工作的一部分，是为了获得资源而不得不做的事。

---

① 日语中"炸猪排"与"胜利"同音。

于是振奋起不坚定的心，大口扒着猪排饭。

结账的时候，我问头扎三角巾的女性：

"不好意思，最近有没有新建什么通往东京的路？"

女性笑了笑答道：

"你是想问湾岸线吧？还没造好呢，好像要明年。"

"那么从京叶高速走最快？"

"是的。"

我走过一次京叶高速。

我再次坐上租赁车，现在是十一月中旬。日本已经是深秋了，沿路的银杏金灿灿的。天空中布满卷积云，一开窗就有一阵凉爽的风吹来，好怀念啊。

我一直按捺着焦躁的心情，没有把车开得过快，经由51号国道来到千叶市。在孟加拉国的平原上即使把油门踩到底也没事，不过这里是日本的关东地区。如果在见到森下之前由于违反交通规则而被捕就太不值得了。

路上我找到一家建材超市，买了些必需品。麻绳和锤子是凶器，铁锹是用来埋森下尸体的。口罩看似无用，不过应该可以用来伪装吧。作案时间多半是晚上，所以还需要手电筒。窗帘能包裹尸体。在停车场，我预先把锤子用绷带缠绕了一圈。

幸好，路上不太堵，我顺利抵达市中心。到了浅草桥，之后只要拐上靖国路就行了。在新宿寻找东京城市酒店的位置稍微花了点工夫，不过幸亏我记得它位于京王广场酒店旁，不一会儿就找到了。

"好了，接下来……"

我喃喃自语道。

接下来才是关键。

虽然我知道森下住这家酒店，可不知道他住哪个房间。如果问前台的话马上就能知道，可我是来杀森下的。"这么说来有个男人问过森下先生的房间号码……"变成这样就麻烦了。虽然方法很土，不过只能靠监视。我看看手表，现在是下午三点半。虽然碰到检疫被关了些时候，不过总体上还是挺顺利的。

酒店的天花板很高，水晶灯璀璨夺目，大堂地板擦得像镜子般锃亮。来往的工作人员举止优雅，让我意识到自己确实身在日本。我从没来过东京城市酒店，经过观察，发现这里的咖啡厅能环视整个大堂，应该是个等待森下的好地方。不过在此之前，还有一件要紧事。表面上我是为了工作而回国的，所以必须装好样子。我往公共电话内塞入一枚百元硬币，打给总公司，总务处已经知道我出差的事了。

"我是孟加拉国开发室的伊丹，有我的留言吗？"

"伊丹先生？不，没有留言。"

室长突然出差，两三天的话一定没问题。即使发生什么事，当地员工基本也能应付，我是以此为目标培养他们的。虽然心里清楚，可仍旧感到有些落寞。

　　如果我就这样消失于东京，天然气开发顶多晚个一年半载，绝不会停止。

　　可是今天将消失于东京的人，不是我。

　　在咖啡厅，我选了个视野好的位置，取了份报纸，点了杯咖啡。接下去就是比耐心了。

　　一分钟又一分钟，时间过得真慢。

　　与杀阿兰姆·阿不德那次完全不同。当时有其他当家的全面协助，旁边还坐着共犯森下。而且即使杀人的事败露了，对手不过是孟加拉国的警察——即使已经充分组织化了又能怎样？我抱有这样的侥幸心理。这次不同，对手是日本警察，而且凶手只有我一个人。我的手上汗津津的。不能明目张胆地一直看着大堂，为了让眼神显得自然，我点了好几杯咖啡。咖啡因阵阵刺痛着强行军疲惫的胃。

　　五分钟，三十分钟，我尽可能缓慢地喝完第三杯咖啡。看了看手表，发现已经过去一个小时了。其间，单手拿着报纸打发时间，一副等人神态的人不止我一个。服务员好像根本就没有在意我。

　　虽说如此，能够在这里等待的时间也有限度。最多两个小时，之后必须换个地方。

我这样等待着，内心某处似乎在想：如果森下一直不出现就好了。时间有限，如果明天也无法见到森下，我就得按照表面上的理由去拜访吉田工业。出差一旦结束，我就无法杀死森下了……不，可以认为，不杀也行吧？

　　这十五年来，我的工作并非十分干净。我的一个决断，或许导致有些连面也没见过的人死去了，我认为这是没有办法的事。包括亲手杀死阿兰姆·阿不德，我也不后悔。如果他不死，在交通事故中失去左手的高野、丢掉性命的穆罕默德·贾拉勒都将白白牺牲。虽说我不后悔杀过人，但也不代表这次我能泰然地杀人。我喝着不知道第几杯的咖啡，想道，如果今天见不到森下，这就是命，我得服从命运。

　　命运！杀人的经历与数千公里的移动距离果然给了我沉重的打击。一贯以关系与金钱铺路的我竟然会相信什么命运？！比起命运应该更相信神才对吧。没错，那位叫作能源，叫作资源的神。

　　然而，这位神一定极端冷漠。我才监视了一个半小时，就见到了森下的身影。

　　灰色衬衫搭配牛仔裤的样子令他显得异常寒酸。他耷拉着肩膀，身体有些前屈，驼着背走向前台。他的脸庞消瘦了不少。不管内心怎样，毫不伪装外表，此人果然很弱。我本以为见到活生生的森下时会丧失杀意，实际上正相反。犹豫的心情瞬间烟消云散，他必须死。

森下手提一只旅行袋，看着他在前台说话的样子，应该是要退房吧。我打算趁这段时间结了咖啡钱，没想到却被收银员给耽搁了。

"一共三千两百元。不好意思，本店没有五千元的整钞了，找给您一千元的钞票可以吗……哎呀！"

零钱掉落，收银员蹲了下去。

"待会儿再捡好吗？"

"好……好的，现在给您找零和收据，请稍等，唔……"

我实在等不下去，可不拿找零就离开未免显得可疑，只好使劲忍。

"这是找零和发票。"

我转过身，发现森下即将走出大堂。虽然不可能立即跟丢，可要是他乘上出租车就麻烦了。我自然而然加快了脚步。

一出酒店我就追上了他，从身后小声向他打招呼：

"你好，OGO 的森下先生……"

带走森下比我想象的简单。我说：

"请别那么吃惊，我来日本是早就定下的。其实我有些事想和你说，于是打电话给贵社，才知道你已经辞职了。听说你回日本了，所以我死缠烂打让贵社把你的地址告诉了我。今天正巧来到附近，所以过来看看，没想到立刻就遇见了你。"

"为什么？直接给公司留言就可以了呀。"

"那怎么行？这些话不能讲给外人听。关于那件事，我想私下与你谈谈……"

刚才还是一脸的震惊，现在已经变成猜疑与恐惧了。他慌张地左顾右盼，小声说：

"嘘，别在这种地方说……"

"确实，这里不太好说话。"

我假装思考了一下。

"那么能不能借一步说话？去一个没人的地方……"

森下没有马上回答，他明显在犹豫。他一定是想忘记有关孟加拉国的一切，一定是再也不想见到我。

不过，现在的森下已经丧失了"事不关己，高高挂起"的魄力，他终于迟疑地回答：

"明白了，走吧。"

我把森下带到酒店的地下停车库。不愧是新宿的酒店，虽说是工作日，但停车场里几乎停满了车。我的租赁车停在一辆大型卡车旁，这样即使有人经过也能有所遮挡。

"坐进车子里就不会被人听到了吧？以防万一还

是坐后排吧。"

说完不等他回应我便钻进车里，森下仿佛失去了意志的人偶般跟在我后面。关车门的声音回响在车内。

地下停车库非常昏暗，车内更暗。

直到此刻，我依然没有放松警惕。因为森下随时都可能打开车门逃出去。不过他没有这么做，我需要留意的只有窗外，只需小心别被谁看见。或许他没发现我有杀人的念头？他看着窗外，脖子上的颈动脉清晰可见，毫无防备的他看上去更可怜。

我本打算在这一刻下手，不过我并不是想杀他，而是不得不杀他。姑且听听他的想法吧，如果没什么问题，对双方都有利。正当我思考着，森下扭过头看我。

"好了，你想说什么？你一直在等我吧？"

"没有。"

"从孟加拉国飞来，碰巧来到酒店附近就找到了我，这种话没人信。一定是有什么很重要的事吧？"

我差一点就停止了思绪，只好点点头。

"原来你发现了，没错。"

如何打探出森下的真实想法，我事先已经想好了。我移开视线，放低声音：

"其实……那天回去的路上我一直在想，事情怎么会变成这样。就算那些人再怎么挑唆，也不该这

么做吧。我一直在后悔，明明还有其他更好的办法
的。森下先生一定会嘲笑我吧，事到如今在瞎说些
什么……"

说完我开始观察森下的表情。他既没有笑，也
没有生气，只是用悲伤的神情点着头。

"不，怎么可能嘲笑……我也是这么想的。回
程的时候天很黑，我突然想起当时贴在挡风玻璃上
阿兰姆的脸……"森下捂住脸继续说，"我受不了
了！就算是工作也不该杀人啊！我不是为了杀人才
进 OGO 的，当时却没能拒绝……"

"那么你为什么辞职？"

"经历了那样的事，根本无法继续工作。从昨天
开始我吐了好几次，我想赎罪，想解脱……"

原来如此。我试着引导他。

"森下先生，其实我找你正是为了此事。我认
为想要赎罪唯有自首。如果这样的话白沙村的那些
老年人将会遭到问罪，不过原本就是他们提出的嘛。
不过……我担心一旦自首，你也将受到牵连。所以
在自首前，想找你商量下。"

"自首？"

森下张大了嘴巴，他似乎完全没有想过此事。

"哦，也可以，不过伊丹先生，我所想的和你不
一样。"

"还有其他赎罪的办法吗？"

"有。把在白沙村发生的一切告诉全世界。告诉日本，也告诉法国，以防今后再次发生类似的事件，这样也能自然提到阿兰姆的死亡。伊丹先生，你会赞成我的意思吗？"

啊！森下的这句话，宛如把自己推上了断头台。

我原本打算，如果他想自首的话就杀了他。可没想到他竟然说要把这次的杀人事件公之于众。必须杀了他！我如此告诫自己。

"森下先生，白沙村发生的事情你已经告诉过谁了吗？"

"没有……虽然我见过朋友，但是说不出口……缺乏勇气。"

"朋友？是媒体吗？"

"不是，只是普通朋友。"

我想，或许是恋人。森下应该还未婚。结了婚的人不可能提供酒店地址作为联络方式。如果森下有孩子，我可能会在最后心软放过他。不过，看来已经没有任何问题了。命运已经枯竭。

我从森下背后望着车窗。

"嘘！有人盯着这里看！"

即使有人，也不可能听见车里的对话。不过森下立刻惊慌起来，四下张望。

锤子已经藏在脚边，我拿起，抓紧，往面前的脑袋挥去。

"啊！"

好愚蠢的叫声。

森下似乎并不认为是我攻击了他，他茫然地看向我。他怎么还能动，看来刚才的一击还不够。于是我又从正面狠狠地砸下了锤子。

经过第二次的攻击，森下似乎终于明白发生了什么。他的眼睛瞪得很大，一副难以置信的表情。

原来他这么相信我。我到底哪里值得他相信了？在OGO这样的大企业担任谈判家，在孟加拉国甚至干起了杀人的勾当，为什么偏偏对我毫无戒备？名为森下的这个男人果然稚嫩到极点。

"伊……伊丹先生，为什么……"

我攻击他的侧脑，他翻起了白眼，两手无力地垂下。如果他就这样死了，那么我便能省去不少活儿。我把手放在他的口鼻边，虽然很微弱，但仍有呼吸。他只是昏过去了而已。

我拿出麻绳。

这是我第二次杀人。用车子撞和亲手绞死的感觉完全不同。但愿今后的人生中再也不要发生这种事了，我一边祈祷一边不断使劲。

八

第二天十九号的上午十一点，我拜访了大田区的吉田工业。

作为街道工厂，吉田工业的办公楼十分气派，不过工作人员应该还不到一百人吧。日本式的中小企业大抵都这样，我感到很怀念。社长是一名戴着厚厚的眼镜、五十岁上下的男人，讲话的方式与笑容中都充满着自信。

这只是按照表面理由进行的拜访。其实我对吉田工业的脱硫装置并没多大兴趣。虽然早晚需要，但是现在还不急。

可是，看着商品的规格、听着技术工人的解释，我渐渐地被吸引住了。吉田工业脱硫装置的性能若是同规格说明书上写的一样，确实十分优秀。

"必须考虑一万日元能脱硫多少气体——"吉田工业的社长越说越激动，"脱硫技术也在不断进步。我们的产品与以往相比，忽略外部条件，大致降低了百分之十五的成本。也就是说，以前投资一百能换回一百的天然气，现在投资一百能换回一百一十五的天然气哦！更进一步说，考虑到可能会亏损而放弃的天然气田今后或许也能开采了。脱硫的费用大家应该都清楚，我们是考虑着这一点不断努力的。"

我尽管沉默着，却强有力地点了点头。

端茶的女员工帮我把面前冷却的茶换成热的。社长接着滔滔不绝地讲：

"伊丹先生，虽然不能像你一样跑去国外开采天然气，不过我们或许可以助你一臂之力。请让我们协助你一起开采孟加拉国的天然气吧！十年后，二十年后，当横滨一带林立起天然气储罐，我能骄傲地告诉大家这些天然气使用的是我们的脱硫技术的话，那真是幸运之至的事。"

我回应道：

"我一定会努力的。"

大学一毕业我就进入海外部门，从事能源开发的工作。我认为自己是战斗在日本最前线的人，可是最前线并非唯一。虽然我明白，但像这样遇见志同道合的人，在感到安心的同时也会紧张。

社长的身体深深地陷入沙发中，他喝了口茶，表情稍显柔和。

"话说回来，孟加拉国应该挺危险的吧？"

"确实，既有洪水又有气旋性风暴，比我想象中恐怖得多。不过，地缘政治上还好，这点很幸运。"

"地缘政治？"

"也就是战争。"

社长暧昧地点点头。

"哈哈，战争？我不太懂……对了，疾病也很危险吧？今天早上的新闻看了吗？横滨好像有人感染了黑死病，据说是旅游的人带回来的。"

"黑死病？"

没想到现在还能听到黑死病这个名称。不过，社长又浮现出暧昧的笑容。

"唔……好像是的。不好意思，早上急着出门，记不太清。"

"哈哈。"

我点点头，心想，如果真的要使用吉田工业的技术，就必须想好与社长之间的关系。虽然他富有激情，不过或许也有轻率的一面。应当警惕不重视知识正确性的人。而且最近我又再次意识到，工作伙伴一定得好好挑。

"哎呀，真丢脸。如果你有兴趣，应该还能在电视上看到。"

"我会看的。"

"对了，如果今晚有时间的话，不如……"

社长探出身子，笑嘻嘻地说道。

这时突然响起了敲门声，一名年轻男性走了进来。

"社长，不好意思，下田回来了。"

"什么？那么早？"

"所以，那个，车子……"

他偷瞄了我几眼。好像是我的车挡道了，公司的车开不进车库。见我打算起身，社长连忙说：

"车子的话，我会让手下挪一挪的。伊丹先生坐着就行了。"

我摇摇头，看看手表。

"已经打扰贵公司很久了，这次的拜访非常有价值，我差不多该回去了。总有一天我会拿着正式合同前来拜访的。"

"是吗？谢谢，那我就不挽留了。"

社长似乎有些依依不舍，而我随便打了几声招呼就走了。说实话我也还想多聊一会儿，新技术的话题一向令人雀跃。可是，即使只是在停车场内部挪个位置也不能将那辆租赁车委托给别人。

因为里面装着尸体。

车子的后备箱里，装着用黑色窗帘包裹着的森下的尸体。万一发生交通事故就完了，我自然而然开得谨慎起来。

在白沙村的埋伏点停下吉普车后，森下说过日本的秋天很舒适。确实，这是一个舒适的季节，如果现在是夏天的话，尸臭早就掩盖不住了。虽然我不清楚多久才会产生尸臭，不过天冷总比天热好一些。

我坐上车，从后视镜里可以看到目送我的社长低头鞠躬的模样。

离开吉田工业，我打开车窗。车里飘着一股酸酸的臭味，应该不是尸臭。

"还有味道……"

在车里，直到绞杀森下为止都没有发生什么问题。为了确认他死亡与否，我松开麻绳，没想到从森下的嘴里流出泡沫与呕吐物。事发突然，我有些慌张。由于没准备毛巾，我只好用森下的上衣擦了擦，回到酒店后才认真清洗了一下身体。

"不，应该是错觉。"

我低声说道。这么点呕吐物不可能会残留半天以上，这股味道应该源自精神层面。

我决定第二天一早坐飞机回孟加拉国，工作应该已经堆积如山了。在日本肩负起的"行李"必须今晚处理掉。我已经想好了，房总半岛上的那些山我很熟悉。那块地方可以肆无忌惮地深挖深埋，是我的候选之地。

今晚，森下将消失于东京。经历南亚的流浪生活后，就职于印度的男性忽然辞职回到日本，却不料从此杳无音讯——很常见的例子。放荡不羁的人失踪，日本警察不会认真寻找。

就算出于什么理由进行搜查，警察也不会找到我。因为不管怎么调查森下的人脉，也和我没关系。井桁商业公司孟加拉国开发室并不知道 OGO 印度分社对孟加拉国的东北部有兴趣。事实上，我并不知道森下这个人，和他是在白沙村相识的。我没有对任何人说起过森下的事，一回公司马上就辞职的森下也一样守口如瓶。能将我和森下联系起来的唯有白沙村的那些当家的。就算日本警察再优秀，也不可能看出这一层关系。所以我需要担心的只有当场逮捕。只要别出什么状况，别让尸体被发现，我就能正常地回归工作。

日本的一亿多人口大部分都与森下没关系，我也一样和他没关系。

如果能看穿我们的关系，想必那一定是神。

九

然而现在我受到了制裁。

我身处有乐町的酒店，电视机开着。小双人床上各种晚报散乱，餐具柜上丢着便条，上面潦草地写道"检疫结果：没问题"。

吉田工业社长所说的"横滨黑死病"，当天夜里占据了各大媒体的头条。据说感染者为三十几岁的女性和五岁的男童。五岁男童病情严重，甚至一度失去了意识。

其实，病名不是黑死病。

是霍乱。

根据传染病防治法，将进行感染途径的调查。所有媒体不断重复感染源的报道，现在电视上的播报声依然十分紧张。

"根据第一名女性疑似感染者的证词，感染源应该是两天前从印度回国的男性。男性回国与女性会面后，下榻于新宿的酒店，之后便行踪不明。厚生省发出公告，该男子发病概率极高，呼吁国内医院及时提供线索，同时也希望国民能够冷静对待……"

不过当前，至少各大媒体并不冷静。晚报上的标题五花八门：

横滨霍乱恐慌扩大

厚生省：感染不会爆发　专家表示质疑

霍乱扩大？预防的六个注意点

霍乱再起？市民恐慌

印度归国者今何在？继续追击感染源

我知道。我知道下落不明的"感染源"在哪里。他现在被埋在房总半岛的某座山中！

四天前，于白沙村。

沙阿说过，老人的孙子正患有疾病。曾经那么可爱的孩子，现在眼睛完全凹陷下去，面容憔悴，像个老年人似的。这正是霍乱的症状。我当时就应该警惕一下吧？因为我是知道发展中国家的传染病的。可是我被一个当家的劝茶，并且喝了下去。

森下也是。

森下被感染了，他把霍乱传给了住在横滨的女性。根据报道，病情严重的男童是在与家人下榻于新宿的酒店时发病的。新宿的酒店一定就是森下投宿的那家。在东京城市酒店里，森下说"从昨天开始我吐了好几次"。如果是在酒店的公共厕所里吐的话，细菌当然会传播开来，所以才会传染给抵抗力较差的孩子。

原本应当消失于东京的森下，现在却成了全日本最想找到的人。这并不意味着我失败了。就算森下是当季红人，他的尸体也不可能从深山中被挖出来。

我的失败，是**有证据证明我一定接触过失踪前的森下**。森下与我没有关联，确切地说，只要不去白沙村就不会发现我们两人的关联，这是我的"隐身衣"。可是如果隐身衣失效，招惹警察耳目的话，我不认为自己能够逃脱。

我在厕所的盥洗盆前俯身，极力忍住呕吐。到了晚上我突然开始想吐，浑身使不上一点劲，非常不舒服的感觉缠着我不肯离去。

这是霍乱吗？

我拼命整理起凌乱的思绪，回忆着种种。

如果身体不适的原因并非霍乱，而是由于强行军与杀人导致的体力透支，那就没问题。就算爬，只要爬上飞机，就能回到孟加拉国。

不过，如果我真的得了霍乱——这种情况相当于森下将他的名字刻在了我的体内。国内大力推行的霍乱检疫结果表明，我在回国时没有感染霍乱。也就是说如果我感染到了，感染源只有可能是森下。从他嘴里流出的呕吐物很可疑。如果我的症状加重，导致被酒店员工抬进医院的话……

所有的媒体都会毫不留情地将聚光灯打在我这个"接触过印度回国男性的人"身上吧。

我忍住呕吐，将窗帘拉开一点。从酒店的窗户能看见整个东京，到了晚上，万家灯火如同满天星斗。

杀阿兰姆，杀森下，都是必须做的。我一直如此坚信。可是……

我好像在哪里出错了。

错在喝了印度茶？那杯茶不冷不热的。只要我不喝，森下应该也不会喝。在传染病蔓延的地方只能吃彻底加热过的东西，这个准则非得完全遵守才行？

错在让森下活着回日本？杀害阿兰姆后，看到森下那副畏缩的样子，我是否应该当即决定不能让他活着离开？

或者说，也许——根本就不该杀人？我原本从事着有身份有地位的工作，却失足踏上了一条不归路……

我只是想做好自己的工作，想把沉睡于孟加拉

国的天然气运回日本，使日本灯火通明。我想凭借
自己的力量，使现在闪烁于眼前的灯光，多添一盏。

　　我的愿望能否实现？还是说杀人行径终将败露，
令我无法献上灯火？

　　在万灯之前，我等待着制裁。

守关人

一

关掉引擎，歌声戛然而止。烦躁的机械劳动终于结束，我打了个激灵，获得了一种解放感。随后我咂了咂嘴，其实没必要持续听这听厌了的 CD。

虽然这么说，不过从小田原驱车三小时，而且还是驾驶着破破烂烂的二手车，又净是些蜿蜒曲折的山路，要是没有音乐的话一定挺不下来。我越发觉得，不应该那么早把烟抽完。我本想着总有地方可以买到烟，可四周突然就变成了山岳，不见商店。要是有烟可抽的话，我也不必一直听着那张糟糕的 CD。我用纸巾包裹住嚼得没有味道的口香糖，丢向副驾驶座。

我做好了一打开车门，就要接受盛夏热风洗礼的准备——那是热气与湿气交织的令人难受的风。然而吹来的风是干燥的，甚至还有一丝凉意。这里是贯穿伊豆半岛天城连山的一条路——桂谷峠。路很难开，空气很好，知了的叫声就在耳畔。

舒展一下蜷缩在驾驶座上的身子，我回头望向自己的车，发现将它横停在了快餐店的停车场上。本想重新停好的，可我在这条山路上行驶了一个小时，一辆车都没见着。应该不会给谁带来不便吧？

其实真正令我担心的是，快餐店是否还在。客流量如此小的地方不可能有利润。铁皮屋顶，看似沉重的玻璃门，里面的餐桌旁一个人也没有。虽然光看空荡荡的停车场就知道店里没客人，不过我在意的是这家店是否还存在。

面向马路，竖着一块白铁皮的招牌板，油漆到处剥落，能看见里面金属的银色。"快餐咖啡烟乌冬面荞麦面"的黑色字样还留着，用其他颜色写的店名已经褪色、消失不见了。招牌上装置的黄色旋转灯纹丝不动，一定是断了电。好不容易来到这里，总不能让我空手而归吧？我焦躁地环视四周，视野中忽然闪现出一抹新色彩。

停车场的角落里，有一座小佛堂。佛堂连百叶门也没有，还很新。往里看，有一尊地藏菩萨的佛像端坐着。最吸引我的，是佛堂前供奉的花。白色和黄色的小菊花插在一只牛奶瓶里，如同佛花般，在八月的酷暑中也没有枯萎。这花应该是今天新摆上去的，今天有人来过这里。

我随意地蹲下，把手伸向花朵。

"欢迎。"

突然响起的声音，把我吓得一缩。

我回头一看，发现刚才还没人的快餐店门口站着人。

那是一位仿佛用单手就能提得起来的袖珍的老奶奶。

"这个季节很少有车开过来啊，"老奶奶放下水杯继续说，"没什么可给你做的。"

一开始我就没怎么期待。即使她说能做些什么，在这家满是灰尘的快餐店里，我也没食欲。不管了，当务之急是买烟。

"有烟吧？"

我带着不安询问。老奶奶连牌子也不问就拿来一盒。

"有，有，香烟……只有这种。"

这简直就是及时雨。刚才我还犯着烟瘾，可一旦有了烟，便心头一宽，觉得不用急着马上抽。总之先点单吧。

"给我一杯咖啡。"

"好，好。"

点完后我翻开菜单，发现咖啡异常便宜。这个价格简直是在开玩笑，大概已经二十年没有涨价了吧。这么便宜我实在不好意思，打算再搭配点什么，可甜的只有蜜瓜汽水。我只好告诉自己，不用多花钱是因为菜单太过寒酸，这样一想心里就舒坦了。

店里没有空调，取而代之的是挂得离天花板很近的电风扇。可能是机器老化了吧，电风扇一边发出沉重的呻吟声，一边晃着脑袋。

咖啡不难喝也不好喝。我向端着托盘站着的老奶奶随意搭了句话：

"这个季节的车不多，这么说也有车多的季节吗？"

"嗯。"

老奶奶微微一笑，一看就是张好人脸。刚才在大太阳下看的时候以为她有八十岁，在室内瞧见她笑的模样，我开始怀疑她有没有六十岁。她脸上刻有深深的皱纹，肤色浅黑。我不认为光靠快餐店她能赚得充分的收入，可能她是个地主吧。

"秋天啊，秋天生意可好了。"

"是吗？为什么？"

"当然是枫叶啦，大家都赞不绝口。"

我暧昧地点点头，喝了口咖啡。若是为了赏枫叶，这里未免太远，也没有饶有风情的古迹。她口中的"生意好"应该没什么大不了的吧。

"小兄弟你是从哪儿来的？"

"东京。"

"噢！噢！"老奶奶夸张地叫道，"那可真是够远的。你去哪儿？是下田吗？"

"不，没有明确的目的地……因为工作需要，所以到处逛逛。"

"哦，是工作啊。什么工作？"

"和记者差不多。有人托我调查一下伊豆，写一篇报道。"

我答得很敷衍，可老奶奶不断点头：

"这样啊，这样啊。"

我尽可能缓慢地喝着咖啡，在余暇时间环顾店内。桌子是四只脚的，绿色桌面，桌脚由细铁架做成。椅子是没有靠背的圆凳，有些坐垫处的塑料破裂开来，能看见里面的橡胶。在角落里，挂着一台电视机，竟然是台新的。收银处摆着只陈旧的招财猫，地板是用混凝土浇的。没有灯具，可能因为白天不需要开灯吧。确实，窗口能透入夏日的阳光，可还是有些暗。比起快餐店，这里更像廉价的日式料理店。

我举着咖啡杯，假装无心地问：

"这家店是你一个人的吗？"

"对，四年前还和我丈夫一起，现在只有我一个人了。"

"那可真辛苦啊。"

"哪有，没什么了不起的。瞧，根本没客人嘛。"

老奶奶说完，用惊人的音量大笑起来。笑声爽朗，甚至感染到了我。老奶奶似乎很喜欢聊天，如果她不爱说话的话，我来这里也没意义了。我拿出了干劲。

"你说秋天生意很好是吧？这家店是你和你丈夫一起开的吗？"

"不，是我丈夫一个人开的。他固执地认为，不能让从先祖那儿继承的店倒闭。他根本不赚钱，只好靠我养他。不过他的手很巧，店里有什么东西坏了，他会用钉子或胶水修复，省了不少钱。"

话语中毫无怀念的感情，老奶奶像是在诉说别人的事。

"也就是说，你有别的工作？"

"我在医院处理事务性工作。这么说也许不太好，那是一家挺乱来的医院，要是没有我的话连药都不够。我经验丰富，所以很受器重。做满三十年后，我才开始打理这家店。"

"原来如此，真够曲折的。"

"是啊，发生了许多事呢。"

叮铃铃，电话响了，很复古的铃声。老奶奶打断说"失陪一下"，便走向电话。

还剩半杯咖啡，我象征性地抿了一口。喝完的话，就没借口与老奶奶聊天了。

我听着她打电话时含糊的声音，回忆起自己采访的目的。记事本放在牛仔裤的口袋里，前胸口袋中的录音笔这一刻也在录着音。

二

我声称自己是记者，其实是个撰稿人。我并没打算隐瞒职业，只是觉得她应该不会理解这个职业的意思。

这个月头，我熟识的编辑联系我说："有个比较急的活儿，你能写都市传说吧？"小小的连载专栏结束了，正在慢慢消耗存款的我，毫不迟疑地接下了。

听说是把都市传说做成期刊放在便利店销售，这样一个炒了无数次的冷饭策划。八月开始采访，书最快也要九月下旬才能出来。如果要花点工夫把书做好，肯定得十一月了，根本赶不上适合看怪谈的夏季。总而言之，不可能做成像样的书。可是这一切都与稿费无关。

好几位撰稿人都参与其中，交给我的专题是"交通类都市传说"。一共要写四篇六页的，一篇四页的。六页的报道一开始就定好了题目，譬如"涡轮婆婆""无头骑士"等，净是些老段子，没有花工夫的必要，也不需要采访。结果四篇六页的花了不到两天便写完了。

"你还是这么快啊，真是优等生！"电话那头的编辑高兴地说道，"就按这个速度，四页的那篇也拜托你喽！"

然而，我的好日子到此为止。

四页的那篇没有规定写什么。我只是被告知："随便想点什么吧。"照片一般由编辑部自己找，但是他们希望我尽可能拍几张回来。允许自由发挥是信赖的体现，我从心底里感到高兴。不过，一开始我就察觉到，这篇四页的报道应该是最大的瓶颈。

我手头没有现成的段子，也不知道要如何寻找段子。因为我对都市传说毫无兴趣。

撰稿人已经当了七年。

本想专职写体育类的报道，尤其是格斗。我特别擅长写拳击、摔跤，剑道和柔道等武术方面的也会写。如果以后能写相扑的报道，提高一下自己的声名就好了。我是秉持这样的想法开始工作的。

大学里很照顾我的一位前辈，先我一步当上了撰稿人。通过他的介绍，我开始替体育杂志写稿，两年后已经能定期接到工作了。

接着，我渐渐发现，我只是以为自己熟悉体育界，其实不过懂个皮毛罢了。但是这并没有对我造成打击，缺乏知识的话学习就行了。可是，最致命的是——我发现自己并没那么喜欢体育。

即使热衷于辉煌的世界锦标赛，可一旦到了俗气的热身赛或垫场赛，我就兴致索然了。我懒得自己挖掘新人，只会在选手名声大噪之后追捧。也就是说，即使是我自认为最拿手的体育领域，也只有一些浮躁的兴趣罢了。

幸好我有些小聪明，什么都能写。你让我夸，我就能写出任何赞辞，尽管会在心里嘲笑一番。介绍我工作的前辈应该也是看穿了我的这种性格吧，所以他忠告了我无数次：

"听好了，别当'杂货铺'。你很聪明，什么都能写，不过什么都写的话是没有将来的哦！"

可我还是只顾眼前的三万五万，几乎就成了个"杂货铺"。这一年来，体育类的工作一次也没有接到。

只要吩咐我："喂喂，给我写一篇这样的都市传说。"我相信自己的质量与速度绝对是专业的。可是，让我自由发挥写一篇，我就下不了笔。这是一贯的状态。

结果，这次我也只好向前辈求助。他真是个好人，我完全不听从他的教诲，可他依旧热情待我。而且，他确实很有才干。他专职写一些咒术、祈祷等古代神秘文化的稿子，与都市传说类有些不同，不过，他马上就告诉了我一个段子：

"我一直很想写这个，不过没地方可投，也没时间采访，所以一直藏在心中。你觉得怎么样？"

在前辈的家中，我盘腿坐在一个厚靠垫上，打开他递来的文档。

题目是《死亡山谷》。

“这只是个临时的题目。”

前辈有些不好意思地说道。

内容是这样的：

在伊豆半岛南部，有一个叫作桂谷峠的山谷。同样作为通往下田的道路，过去和天城峠一样广为使用。两条路的险峻程度差不多，不过桂谷峠要长一半。后来天城峠被整修，桂谷峠的交通量开始减少。

不过，对于伊豆半岛顶端的小城——豆南町而言，桂谷峠如同生命线一般。然而这条使用至今的狭窄道路，近年来经常发生奇怪的事故。

每一起都是死亡事故，司机们开车从谷道滚落悬崖而死。根据资料上的记载，这四年来一共发生四起，死者五名……

乍看之下，前辈的调查很周到。既有现场照片，也有死者简历。调查至此却不写出来着实可惜，不过我似乎明白其中的缘由。

“谢谢，”我稍作停顿，“可是，这是不是有些欠缺吸引力？”

要是没什么缺陷的道路每个月都发生事故，一定能成为段子。不过，那条恐怕是没怎么维修过的旧路，每年发生一起事故，就能算是“都市传说”了？

“是吗？”

"该怎么说呢……这条路没'那个'吧？没有'涡轮婆婆'之类的角色吧？"

"哎，"前辈好像经我提醒才发现般地苦笑了一下，"就写成'落崖武士传说'吧。"

"武士？平家物语？"

"那里可是伊豆哦！怎么可能是平家物语。"

"哦。"

对前辈而言，或许只要说伊豆、落崖武士传说就能马上涌现出具体的形象。而我只是应付般地回应着。我只好劝自己，毕竟前辈的专业领域不同……

"落崖武士啊……"

我总觉得这个故事可能与喜欢都市传说的读者兴趣相左。即使用了这个段子，也必须好好在角色上下点工夫。死相凄惨的暴走族、日本军人的亡灵……如果有这种形象就酷了。

我突然抬起头，发现前辈交叉着手臂，一副为难的表情。是察觉到这果然不是一个能够写的段子吧？还是后悔了，打算自己写？

两个推测都错了。终于前辈像是呻吟般说：

"不，还是别写为妙。"

"为什么？"

出于礼貌，我问道。前辈大叹一口气，上半身都弓了起来。

"这只是我的直觉罢了……我觉得那可能是真的。我想起来了，自己一直没写的原因。"

"真的？"

我故意用严肃的声音询问，在这种时候我的反应特别快。然而我在心里想，前辈的缺点暴露出来了，要是没有这个缺点的话，他就是个大好人。

"是的，我相信桂谷岭一定有'那个'，或者说'存在'比较好。要是不当心的话，会很危险哦。"

前辈时常会说"我相信"之类的话。每当此时，我都会怀疑为什么这个人能成功。我不希望把帮助我的人想得很坏，可这样说话的人一般都是白痴。撰写幽灵的报道也好，煽风点火也罢，需要"相信"干吗？

这时我决定，要把桂谷岭的事故写成"都市传说"。一来没有其他段子可写，二来我有信心用小聪明弥补段子欠缺的吸引力。然而，最重要的理由是——

我想嘲笑一下前辈的迷信口吻！

三

"不好意思，接了个电话，"老奶奶微微欠身，折返回来，"刚才说到哪儿了？"

她一屁股坐在了我对面的椅子上。对快餐店服务员而言，这是一个有悖常理的动作。不过老奶奶笑容满面地打算继续和我唠嗑，那就没问题。我很乐意见她这样。

"聊这家店的故事，历史可真长哪。"

老奶奶点了点头。

"是啊，托大家的福，总算还维持到现在。"

"每天都开门吗？"

"这块地方不会积雪，所以每天都开。不论下雨、刮风。"

客流量如此小的地方一般都会设定为仅限秋天营业。我多余地担心起来：开一整年一定会亏本吧。

"你是住前面那个城镇吗？"

"是的，"说到城镇，老奶奶的声音中更添了一份温情，"那里叫豆南町，是个什么也没有的城镇。"

"你是一个人生活吗？"

"是啊。"

"那一定很辛苦吧？"

老奶奶的脸上泛起一丝笑意。

"也没有，女儿会赶回来照顾我。外孙女也长大了，经常回来看我。所以我一点也不寂寞。"

受老奶奶的感染，我也笑了起来。

"真是个好孩子啊。"

"是啊，真的。"

我拿起咖啡。还没聊到至关重要的部分，喝得太快不太好。我假装碰了一下嘴唇后，将杯子放回桌上。

我犹豫着该如何切入正题，可是老奶奶如此爱聊天，应该不需要什么谋略吧。

"我听朋友说，这个山谷近来事故特别多？"

本以为对于突然转变的话题，老奶奶会显露出困惑，没想到她向我招招手，好像急不可耐似的探出身子。

"是啊，真是的。净是些年轻人，真可怜。小兄弟，你也要小心驾驶哦。"

"嗯，会的。出事的都是些年轻人吗？"

"就是啊。年纪大的人对这附近的路很熟悉呀。"

"这事在镇上传开了吗？"

老奶奶狠狠一点头。

"当然啦。这几年，这个小镇能够上报纸的也就只有事故了。就在前头哦。"

说着老奶奶从昏暗的店堂内指向盛夏的室外。似乎没有风，树上的叶子一动不动。

通过前辈给我的资料，能够知晓事故发生的地点。正如老奶奶所说，这个快餐店再往前一点的转角处，就是事故发生的地点。

就连看不起都市传说、幽灵什么的我，当看到这一资料时，也感到背脊一凉。四起事故，每一起都毫无例外地发生在那个转角处。光看照片，不觉得弯很急。下面就是万丈深渊，四辆车都从这里坠落，共计五人死亡。

"这条路很险峻吗？"

听老奶奶说了一通后，我决定去看看那个转角。由于是事故多发地，我料想那里一定非常危险，可还是想听听当地人的评价。

不料老奶奶歪着满是褶皱的脸回答：

"那里啊，其实并不是非常危险的路……"

"是吗？老奶奶你每天都是从那条路过来的吧？"

"是的，开着破轻卡。下雨也好刮风也好我都会路过，可一次也没觉得那里危险。"

实际感受或许正如她所说，可这样一来就写不成报道了。这个答案看来没什么用……不，或者说，乍看之下很普通的道路却频发事故，会不会更有意思？

"能告诉我那是一条怎样的路吗？"

"不管怎么说，都很普通啊。"老奶奶又想了一会儿，"从这儿开始，接下去都是下坡路。不算很直，是渐渐向左拐的路。嗯……大概要走多久呢，我家老头子以前经常骂我，那么长的下坡不能踩刹车，会烧坏的，得靠发动机制动。现在的车子性能好，应该没那种担忧了吧。"

"发动机制动"这个词，是我从驾校毕业后第一次听到。

"这里下去，能看见一个很大的转角。靠山谷的那侧有一块平地，把车停在那边的话能欣赏到景色。路肩很宽，所以即使稍微开出去一点，也不会觉得危险。叫什么来着……想不起来了，就是路旁白色的那个。"

"护栏？"

"对，就是那个。所以不装护栏也没事。但是有扶手，听说车子是冲破扶手掉下去的，到现在还没修好，暂时用绳子连着。"

前辈给我的文档中也有现场的照片——

悬崖边，为代替护栏竖着褐色的铁栅栏。其中缺了一块，那里应该就是车子冲下去的地方。缺口处贴了好几条黄黑色警示带。而在前方，重峦叠嶂的群山后面，能看见太平洋的一个角。虽然不知道这个悬崖有多深，不过四起交通事故都没有幸存者，大概能想象得出。

光看照片，就会令我感到莫名的不安，现在也是。

"那么，死者是……"

"嗯，"老奶奶点点头，"姓前野，是县里的职员。"

四

前野拓矢。

生于静冈县沼津市，事故发生时三十一岁。静冈县政府职员，未婚。前辈的文档里没有他的照片，不过记录着"文化、观光部"几个字。

去年十月二日周二下午四点五十分左右，途经桂谷峠的运输公司员工发现铁栅栏破损处的绳子断了。当时他没有多在意，可回程时也见到同样的情况，便心生疑惑，驻车调查。结果发现了掉落谷底的车辆，即刻报警。

大约四个小时后，前野拓矢被救护车送往医院，确认死亡。

"他是个十分热情的人。"

老奶奶感慨道。

"你认识他吗？"

"是啊，见过好几次，也来我们店里坐过。"

我之所以来这里，就是为了听事故现场附近开店的人讲故事，来补充报道的内容。竟然一下子就找对了人。如果有死者生前的故事，或许能成为一个亮点。我不禁探出身子。

"他是个怎样的人？"

老奶奶不顾我的兴奋，依旧用悠闲的口吻说：

"不是说了嘛，很热情。"

"还很年轻吧？"

"很年轻啊，脸也不显老。很高……不过现在的人都挺高的，嗯，不知道他算不算高。"老奶奶笑了笑，"他很容易出汗，这一带算比较凉爽的，可前野先生一直大汗淋漓。我以前在医院里见到的那些县里的官员，都很傲慢，我见过好些小年轻摆架子。可是前野先生不一样，对我这种人也彬彬有礼地低头鞠躬。虽然他不太笑，不过我能够感受到他的热情。那样的好人竟然早逝了，我心里真不好过。但是，这一切都是没办法的……"

她不断重复"热情"这个词，可能是因为他带给她的这种印象特别深吧。我继续套她话。

"县里的官员来这儿做什么？度假？"

应该不是，事故发生的十月二日是工作日，县职员出来玩的可能性很低。如我所料，老奶奶果然瞪大了眼睛说：

"怎么可能，当然是工作。"

"工作？前方是豆南町吧？在那里有什么工作吗？"

"嗯……他怎么说的来着？"说着，老奶奶费劲地搓着膝盖，"对了对了，他说在寻找资源。"

"资源？"

"是的。"

知了在叫。离天花板很近的电风扇送来了温风。老奶奶的语速慢得令人着急。

"他说自己的工作是寻找新资源，在县里东奔西跑、寻访乡镇府、开发土地资源就是工作。对我们而言无聊透顶的事情，他说只要认真调查，并获得县里的评定，今后就会成为话题。"

所谓的资源，该不会是石油吧。

"也就是说，他去豆南町那边工作是吧？"

"也许是吧。因为这条路只通往豆南町。"

"可惜，却发生了事故……他是那种乱开车的人吗？"

老奶奶微微一笑。

"不知道。到了这个岁数，我也见过不少人，可光看外表是看不出的。我家老头子以前也经常骂我，说我开车像在打架。"

的确有可能。

前辈的文档中没有记载事故发生的原因。或许前野拓矢开车很粗暴；或许就像老奶奶所说的那样，在漫长的下坡路上刹车突然坏了。要不要调查下现在的车子是否也存在那种危险？

不，没必要。为了写四页的报道，没必要深究事故发生的原因。用"不知为何、不可思议"来概括即可。

"最后一次见到他是什么时候？"

我不经意地问了句，老奶奶却摆摆手说：

"哎呀，怎么问得跟警察似的。"

"啊，不好意思！"

我低下了头。

幸好，老奶奶并没有表现得很不开心，她微微地叹了口气，说道：

"不管怎么说，太可怜了。前野先生还那么年轻，之前的那位也很年轻。虽然前面的那位有些粗鲁，可我并不认为这样的人死了也无所谓。好可怜，可这一切都是没办法的呀。"

"之前的死者你也认识吗？"

老奶奶愣了一下，好像差点就要脱口而出：当然啦，这不是废话嘛。

"不管下雨刮风我都在这里，当然知道。是一位叫田泽的男性和一位叫藤井的女性。"

五

田泽翔。

生于静冈县豆南町，事故发生时三十六岁，无业。

藤井香奈。

生于千叶县白井市。事故发生时三十二岁，服务业。

前辈的文档里，有一张不知道从哪里搞来的死者合影。在夜晚的海边，两人背靠着车，男人怒目圆睁，女人吐着舌头。由于打了闪光，两人的眼睛都通红。男人的旁边画了一条线，潦草地写着"小白脸"。前辈连这都调查过了。至于女人从事的"服务业"具体是什么，没有记载。

可能是拿到照片的时候一并打听的吧，前辈的资料上还写着田沢的其他信息——有前科，因妨碍公务罪遭到逮捕，听说踢了一脚警察的车。

两年前的六月三十日周六晚上八点三十分左右，在豆南町做完法事赶回家的六十二岁男性看见一个光点坠落谷底。男性怀疑可能是车头灯，于是在疑似坠落地点的转角处驻车，发现尾灯在谷底发着红光，便报了警。

救援行动在天亮之后进行。两小时后，两人均被确认死亡。

"田沢先生好像是豆南町的人？"

听我说完，老奶奶睁圆了眼睛。

"咦，你知道得真清楚。"

"那个，因为……我是记者嘛。"

我马上蒙混了过去。为什么我一开始不堂堂正正地告诉她自己是正在调查事故的撰稿人呢？

因为，即使我下定决心，但对于自己"杂货铺"的现状，还是有些羞愧。所以我无法向别人介绍自己。老奶奶似乎对我的身份没什么兴趣，只回应道："这样啊。"

"你认识田沢先生吗？"

老奶奶摆摆手。

"虽然豆南是个小镇，但我也不可能每个人都认识。不过……后来听说他是我以前同事的亲戚。"

虽说不认识，但也在某处有着联系。

"真是吃惊啊！就算我认识他，也改变不了什么，只会觉得可怜。"

"田沢先生还带着个女人吧？是一起回老家吗？"

"听说，不是那么正派的事情。"

果然，在当地人之间流言四起。明明周围没有人，老奶奶却压低了声音说：

"那个啊，听说是在东京欠了债，正打算回老家要钱呢。田沢老先生还有一个儿子，那个儿子很有良心，说要把钱都留给父亲。于是小田沢打算去不肯掏钱的父亲那里说服他，哦不，要挟他把钱拿出来。"

"原来如此……对父亲而言是个不希望见到的累赘。他出了意外后父亲是不是放心了？"

老奶奶马上紧锁眉头，露出深深的皱纹。

"父母可不是这样的哦。即使是麻烦的孩子，让白发人送黑发人总是悲痛的。"

"这样啊。"

"是的，我女儿虽然不优秀，可如果她比我先

死的话，光是这么想就……"老奶奶感慨道，"很
讨厌。"

"原来如此……"这时，我突然想到，"对了，
刚才你说田泽先生有些粗鲁是吧？"

"是的。"

"如果不认识他的话，也就是说，他来店里的时
候做了些粗鲁的事情？"

老奶奶探出身子，像是在说："这个问题我等了
很久。"

"算是吧，我不想把死者说得太坏……"她做作
地皱起眉头，"好像啊，是和结伴的女人吵了嘴，总
之心情不太好。"

"能把那天的情况详细和我说说吗？"

老奶奶好像觉得没什么可说的，使劲摇了摇手。

"不是什么很有意思的事。到了这个年纪记性越
来越差，而且我不想把死者说得太坏。"

记性确实不太好，同样的话连说两遍。口是心
非，她明明心里痒痒忍不住想说。

"拜托了啊！"

我又推了一把，果然老奶奶轻易地就让步了。

"是吗？可是并没什么意思哦，那我就告诉
你吧！"

说完，她把满是皱纹的手放在腿上。可能是我
的错觉吧，她的背脊也挺直了。

她缓缓地开口：

"那是五月还是六月的事？我记得是雨季。在连续下了好几天雨之后，天空放了晴。那种季节的天气真令人受不了。即使是我这样上了年纪的人，也讨厌黏黏糊糊的湿热。而且，现在不是说地球变暖了吗？总觉得日子比以前要难过了。

"这家店从早上十点开始营业，那天好像也是十点开的门。除非秋天，平时的客人不多，那天应该也一样。我习惯了平淡无味的生活，就算有些什么不寻常的地方，也记不清了。

"我记得到了傍晚，他们俩人来到店里的情形。即使是白昼较长的日子，天也快黑了，我正准备关门。他们开着车到来，发出刺耳的声音，简直就像闯进来一样。男人先下了车，好像很不开心，对着女人一通乱骂。他点的是啤酒——这事我没告诉警察。我似乎见着男人是从驾驶座上下来的，理应拒绝，可这家店只有我一个人，如果对方闹事的话就惨了，所以我只能给他上了啤酒。在此期间，他的心情一直很差。光是嘴上骂就算了，他还乱踢东西，真讨厌。"

"乱踢东西？"

"是的。"

老奶奶把手放在膝盖上，吆喝了声"嘿哟"后站起来，将手放在旁边那张桌上。

"这张桌子也是，被他狠狠地踢过，桌脚都陷进去了。"

我起身，看了一眼老奶奶所说的桌脚。经提醒才发现，红褐色的桌脚确实陷了进去。虽然桌子用了很久，不过能把铁质的东西踢得变形一定是用了相当大的力量。

"他说了些什么吗？"

"嗯……虽然他声音很大，不过口齿不清，或者说语调很怪吧，我听不太明白。我自认为算是同龄人中听力比较好的呢……"

不是耳朵的问题，也许是小年轻爱说的流氓卷舌腔。也难怪她听不懂。

"女人呢？"

"不记得了，好像在闹别扭吧。"

"看上去正派吗？"

"唔……"

没留意女人在干吗。男人大声嚷嚷还踢桌子，没注意到女人的行为也是理所当然的。

"两个人离开后不久，我就听到了警笛声。这一带很安静，声音能够传很远。结果，他由于酒驾出了事。警察在车里发现了啤酒罐，所以没怪罪我们店。要是我当时没给他啤酒的话会怎样呢？可我也是一个人在开店，被如此粗鲁的人命令上酒，也不敢拒绝啊……"

"我很明白，这种情况难以拒绝。"

"是啊，就是。"

"话说这事还真麻烦啊。"

我敷衍了一句，将视线投向咖啡杯。前胸口袋里的录音笔在好好运转着吧？

田沢翔是酒驾。前辈的文档中似乎没有记录。不过，报纸上应该刊登过。对前辈而言，这是理所当然的事，所以才省略了吧。踢店里的桌子和遭逮捕的经历惊人地相似，如果踢警车是事实的话，那么他也极有可能踢快餐店的桌子。真是个坏脾气的男人啊。

老奶奶提供啤酒确实不妥，应该没有读者对醉驾的车辆坠崖感到不可思议吧。如果要总结为灵异事件的话，还是不写醉驾比较好。正当我推敲着报道该怎么写时，老奶奶感慨地说：

"不管怎样，年轻人的不幸总令人痛心。在粗鲁的人中，我也认为打女人的还不如死了算了，可田沢虽然乱踢东西，却没有踢过女人。"

有意思。或许正巧在这家店里是这样的，平时则是个滥用暴力的人。如果面对暴躁的田沢，藤井毫不畏惧，只是在"闹别扭"的话，两个人的关系就有想象的空间了。说不定，握着经济大权的藤井才具有主导权。

"以前的男人是不是经常打女人啊？"

我不经意地询问道。老奶奶愣了一下，加重了语气：

"我家老头子可一次也没有哦。虽然饱尝艰辛，可一直都笑呵呵的。这种人不会这么干的。"

"哎呀，不好意思。我不是想打探你家的情况。"

"以前有大男子主义这一说法，现在的男人中也有动不动就打人、不如早点见阎王的家伙。可只是踢踢眼前的东西，这种程度绝对不算严重。"

我认为，毫不顾忌就乱踢东西的人，早晚也会打人，只是时间问题罢了。可要是因此惹老奶奶不高兴了，问不出宝贵的情报就损失大了。用刚才得到的信息大致可以拼凑出一篇报道，可若是顺着她的意思，说不定还能打探出些什么。于是我又说了一遍："不好意思。"

不知道老奶奶有没有听到我的道歉，她怀念般地嘟囔道：

"有些人年轻的时候盛气凌人。田沢很年轻，他之前的那位嘛……是个学生。"

这句话并没令我感到吃惊。既然认识前野和田沢，那么很有可能也认识前一位。一说学生我就想起来了，在田沢、藤井出事的前一年，一名大学生去世了。名字我还记得。

"是叫大冢吗？"

老奶奶眯起眼睛，像是听到了一个熟悉的名字。

"是的，是的，确实是叫大冢。"

六

大冢史人。

生于冈山县久米郡久米南町，事故发生时二十二岁。就读于东京台东区的目黄大学，是历史系的学生。

前辈的文档中附着一张像是从毕业册中复印下来的照片。大冢穿着立领制服毕恭毕敬的样子正如老奶奶所说，"不显老"，看起来很年轻。不过这张照片可能是中学时拍的，还算符合年龄。

三年前的五月十五日周六傍晚六点左右，开着摩托车来伊豆半岛旅游的二十岁男性正打算在路边休息一下，突然发现铁栅栏的一段损坏了。他探头看见谷底有辆车，便马上报了警。

文档上写着："救援行动难以展开。由于天黑，救援行动中断了，第二天太阳升起后重新开始救援，大冢史人被确认死亡。"

"是的，是叫大冢，小兄弟你了解得真清楚啊。"

"工作关系嘛……"

我挠挠头，糊弄了过去。我拿起几乎已经喝完的咖啡。本想再点一杯作为情报费的，可要是话题转移了就糟了，我不敢打断这个话题。

"大冢先生也来过这家店吗？"

"是的。"

"是他主动报上姓名的？"

"怎么可能，后来我在报纸上看到的。"

我感到有些狐疑地歪了歪头。

"前野先生、田沢先生和大冢先生，都来过这里？"

老奶奶心痛地皱起眉头：

"是啊，不管刮风下雨我都开着店，接待过不少客人。而且，这也是有原因的。小兄弟，你一定在想，这样的快餐店怎么能够坚持到现在吧？"

我不敢用语言作答，只好点点头。

老奶奶在膝盖上搓啊搓。

"其实我也觉得很奇怪。就算是传承了好几代人的店，若是亏本就一定开不下去。我问过老头子，真的没关系吗？不料他这样回答我：

"'你不出家门所以不懂，南下桂谷峠的人们很不容易。就算知道一成不变的蜿蜒山路很长，可心里总会担心到底还要开多久。这条路有多长？没开错路吧？当司机开始担心起来的时候，眼前出现的正是我们这家店啊。'

"实际上，当我开始打理这家店之后，很理解老头子所说的话。初次见面的客人都会问我同一个问题：'这条山路还要开多久？'也有人问：'去豆南町是这条路没错吧？'一直往来的运输公司员工也说：'有这家店真令人安心。'这样一家破旧不堪的店多少也能给人带来些方便，至少我是这样想的。"

我似乎能明白她的心情。实际上，来这儿的路又长又险，音乐也听得烦了。我的目的地就是这家店，所以不在乎去山脚还需多久，如果要去山脚的话，我一定会停车小憩，问问接下去还要走多久。

老奶奶笑了一下，接着说：

"所以啊，我想，一旦车都装上导航，我的任务也就结束了。如果知道再开三十分钟就到镇上了，谁也不会想在这儿休息吧。"

的确有可能。

"大冢也是这样一位客人。他说要喝红茶，我大吃一惊。当时的事我还记得很清楚。"

"红茶？"

"他说想喝点提神的东西，可自己喝不了咖啡。我一直认为红茶是有钱人的饮品，所以很吃惊。但是，最近爱喝红茶的年轻人好像挺多的吧？"

"唔……我也喜欢。"

大冢开的是小型汽车，租赁来的。平时他应该不太开车吧。这样的人在险峻的山路上连续开几个小时，理应疲惫，需要咖啡因。事故的原因或许就在这里。

老奶奶开始搓起了膝盖。虽然她假装不想谈田沢的事，可一旦开了口，就滔滔不绝。真是给了我莫大的帮助。

"最近我记性越来越差了，不过还记得那个孩子，因为他有些与众不同。他战战兢兢地走进店里，像是怕生的样子。我问他是不是需要咖啡，他马上就斩钉截铁地说：'咖啡不行，有没有红茶？'"

明明很有主见却不善交际，他应该是这种人吧。

"结果他点了什么？"

老奶奶被我这个无心的问题给难住了。

"嗯……点了什么呢……"她想了一会儿后说，"因为他想要提神，我可能给他泡了杯浓茶。不过茶我是不收费的，所以可能点的是蜜瓜汽水或别的果汁。总之一定是种带颜色的饮料。"

"原来如此。"

她记忆的线索真怪。难道有无色的饮料吗？我看了看菜单，好像雪碧就是。

"喝完，我们聊了会儿天，到了晚上我打烊、正打算回去的时候，发现路边停着许多警车。真是作孽啊。"

说完她垂下头。

对于大冢之死，我有些疑惑。在读前辈的文档时，我就注意到了。

前野拓矢来桂谷峠，是为了工作。他是静冈县的职员，所以在本县内任何一个地方工作都不奇怪。

田沢翔和藤井香奈来桂谷峠，是因为田沢的老家是桂谷峠前面的村子——豆南町。听说他是为了去老家借钱，所以也不奇怪。

那么，冈山县出生、就读于东京目黄大学的大冢史人，为什么来桂谷峠呢？我本想简单定义为心血来潮的旅行，可转念一想，不对呀，谁会特地借辆车，一个人来旅行？如果只是单纯喜欢驾驶，也不该借小型车吧？与其说享受驾驶，不如说选择了一辆便宜的实用车。

"你说你们聊了会儿天是吧？"我提问，"大冢先生说自己在干什么了吗？"

"在干什么？是问他是学生吗？他没说，我是在报纸上得知的。"

"不是，他有没有说自己来豆南町所为何事？"

老奶奶听完，歪头思索。

"哦！他说自己去职业介绍所。"

"职业介绍所？"

我不禁鹦鹉学舌般反问道。大学四年级的学生找工作很正常。可是应届生去职业介绍所找工作？好像没怎么听说过。

"是的。豆南町没有免费介绍工作的机构，所以我觉得很奇怪。"

也许不是职业介绍所，是她搞错了吧。

大学四年级的学生出远门的理由是什么？找工作是一个，其他呢？

"或许是田野调查吧？"

大冢是历史系的学生。可能正在写毕业论文或进行毕业研究，根据研究主题，需要进行田野调查。

老奶奶没兴趣地挥挥手。

"这种新词我已经记不住啦。"

我换了种提问方式：

"你们聊了些什么？"

"唔……"老奶奶思考了一会儿，"对了，他问我桂谷的关口在哪里。"

"关口？"

"是的，关口。"

"是在这附近吗？"

老奶奶笑眯眯地说：

"大冢也问了同样的问题。听说桂谷的关口在山顶上，所以应该是在这一带。"

这么一说，我扭头看向窗外。

夏日的阳光依旧刺眼，在地上形成黑色的影子。深绿色的草木繁茂地生长着……外面好像起了风，树木摇曳。我不禁感受到挂得离天花板很近的电风扇送出的温风。

我没有发现附近有什么古建筑物。

"这一带有些什么呢?"

"什么也没有,连一根柱子也没有。一切都被埋了……剩下的只有传说。"

我颔首。

"那么大冢先生一定很失望吧?"

特地来田野调查却发现什么也没有,简直是白跑一趟。而且还因事故而丧生,真倒霉。

"可能是吧。"

老奶奶说完,缓缓地站起身。

见她站着,我再一次感慨她的身材之矮小。她缓步移动着令人感觉不到重量的躯体。她到底几岁了?她讲话的方式有些迟钝,可不至于听不懂,脑子也很清楚。她说自己的女儿就住在附近,外孙女也经常来玩。虽然这些事与我无关,不过真替她感到高兴。本以为这种情绪会随着工作消失殆尽,没想到自己还残留着些许。

老奶奶走向收银台,拿起一张放在那里的纸片。

"这上面有桂谷关口的介绍。字太小我读不了,你看看吧。说得太多口渴了,我去倒杯茶。小兄弟你也喝一杯吧?"

我慌忙答道:

"不,请再给我一杯咖啡。"

靠着一杯咖啡,我已经坐了很久了。就算付些情报费也不足为奇,再点杯咖啡算是一点点心意吧。

"好啊，好啊。"

老奶奶说着消失在了厨房。

七

纸片是宣传册，标题是"豆南町周边地图"。用光纸印的，不过褪色了，表面好像有一层灰，可能是一直放在收银台边上暴晒的缘故。我思忖着这是哪一年做的东西，发现上面的日期是四年前。

这份宣传册是豆南町工商观光科发行的，应该可以算是一份观光地图。然而面海的城镇地图上，只介绍了四个景点。一个是最古老的港口，豆南渔港；一个是寺庙；一个是旧民居改建的民宿。地图的一端，在一条纤细的路上，确实写着"桂谷关口"几个字。

虽然附着些说明文字，不过正如老奶奶所说，字很小。而且由于褪色，色彩失去了饱和度，在没有灯的室内很难看得清。我抬起头，突然想抽烟。这家店该不会禁烟吧？没见到有烟灰缸。我对着厨房说了声：

"不好意思，我去外面抽支烟。"

即使是没有空调的快餐店，有个屋顶就是不一样。一旦踏足店外，八月的阳光就狠狠地向眼睛与皮肤扎来。为了保护习惯于昏暗的眼睛，我用手遮挡住阳光。

眨了两三下眼睛后，我用指甲弹去眼角渗出的泪水，先抽出一支烟，一边抬头仰望万里无云的夏日天空一边吐出一口烟，然后将视线落回宣传册。

桂谷关口

明应二年，即一四九三年，兴国寺城的北条早云突袭堀越御所，占领此地。一般说法是第二代堀越公方的足利茶茶丸在愿成就院自杀了，也有一种说法是他逃到了深根城，桂谷关口是茶茶丸担心北条一族攻打过来而造的。根据豆南町的传说，茶茶丸的猜疑心很重，他在桂谷关口派驻了身强力壮的守关人，凡是想通过此关口的人一律视为北条一族，不留活口。被阻断了通道的人们陷入生活的困境，十分痛恨茶茶丸。

终于，茶茶丸被逼入绝境不得不自杀，而驱逐茶茶丸的北条一族也被丰臣一族歼灭。

桂谷关口被拆除了，能令人回忆起往昔的遗迹，只剩下一个道祖神了。

开车从豆南町市区出发需要花四十分钟时间。

如果豆南町的传说是真的，过去可能存在过的桂谷的关口现在已经消失了。不过我认为，关口只是在想象中存在过吧。如果大冢史人是来进行田野调查的话，那么他的调查内容应该是关口到底是否真实存在过。

我吐出一口长长的青烟。

必须把桂谷峠的连续交通事故写成交通类都市传说的报道。为此，需要寻求一个大众的兴趣焦点。

管他是平家物语还是别的什么，总之怨灵引发了一起又一起的交通事故。不过，死者最好是能有一个**共同点**。如果怨灵毫无缘由地将通过的车辆推入谷底，那就没意思了。而且，每天往返于桂谷峠的运输车、邮局车怎么就不出事？这一点就自相矛盾了，读者也会很扫兴。

我是一个"杂货铺"般的撰稿人，正因为这样，才要保证报道必须有个最低限度的质量。若是没有"某个东西"引发了他们的死亡，我甚至不知道读者应该怕些什么。大冢史人来桂谷关口调查的，有没有可能正是"某个东西"呢？

我拼命思考，甚至忘记将香烟提到嘴边。可是再怎么集中注意力，思绪也只是被夏蝉的鸣泣所吸引。

"哎，不行……"

我自言自语道。

静冈县的职员前野拓矢为了寻找资源而奔走于

县内，十有八九应该是观光资源吧。如果说他所寻找的观光资源是桂谷关口的话，未免讲不通。因为，当年的豆南町已经面目全非了。

如果要把田泽翔、藤井香奈和桂谷关口联系起来的话，那就更难了。到处乱蹿的酒驾男和北条早云、堀越公方到底有什么关系？再者，田泽并非与此地毫无关系——他出生于豆南町。

假设，我能将前野、田泽与桂谷关口扯上关系，可还有一个最大的问题。如果要写都市传说，死因必须是日常的、近在眼前的。与普通生活紧密相连的一个小举动导致恐怖的结局，才能令读者感到害怕。"一进女装店的试衣间就会遭到诱拐"这样的都市传说就很有意思，因为所有人都会去服装店。可是，在山路上的关口，无论发生些什么，读者都不会感到亲切。

只有一个让报道成立的方法，那就是：真的有"那个"。

也就是说令前野、田泽、大冢死亡的理由，真的是桂谷关口。这样一来，我写的报道就不是编造的杂文了，而是报告文学。

"是真的吗……"

一旦说出口，在八月热气的包裹中，我的背脊竟然一凉。我想起来了，前辈也说这次可能是真的。"我相信桂谷峠一定有'那个'，或许说'存在'比

243

较好。要是不当心的话，会很危险哦。"

我看着自己横停着的车，涌起一股冲动，真想就这样上车回家。虽然不得不写报道，但又不是找不到其他段子。前辈的忠告或许并不是没道理的……

"不会吧？"

我笑着，故意说出口。

前辈的怪异兴趣是不是也传染给我了？我想起手中的烟，狠狠地吸了一口。当我回过神来时，发现香烟短得就快烧到手指了。我从口袋中取出便携式烟灰缸，把烟给掐了。起风了，不冷不热的风。

哐当一声响。

牛奶瓶掉了下来，是佛堂前插着花的那只牛奶瓶。风将它吹倒了，地上残留着一片水渍，白色和黄色的小菊花四散开来。我蹲下身子，尽量捡起花朵，插入牛奶瓶。本想将它放回原处的，可手工制作的木制献花台摇摇晃晃的，将瓶子放上去也不稳。原来瓶子是这样被风吹倒的呀。

牛奶瓶倒下的同时，瓶中的水几乎都翻了出来。看着瓶底仅剩的一点水，我心中突然涌起一股发现钱包里没钱或看到日历快撕完般的孤独感。不过，待会儿老奶奶会给牛奶瓶加水的吧。

往佛堂中看去，发现昏暗中有一尊佛像。外面太刺眼了，所以里面反而暗。三角形的躯体上有一个又圆又小的脑袋，这是一尊朴素的石像。看不出被精雕细琢过，不过给人一种沧桑感，一定是有些年头了。

无论心头的不安有多强烈，我也不会一本正经地求神拜佛。我将便携式烟灰缸放进口袋，抬起头对着万里无云的天空，深深地叹了一口气。我转过身将视线投向快餐店。

快餐店依然与外面的夏天对比鲜明，窗内漆黑一片。老奶奶已经坐回原来的位子了。

四目相对后，老奶奶缓缓提起满是褶皱的手，向我招了两三下。

八

在昏暗的店里，我坐回刚才的椅子上。满是烟味的鼻子清楚地闻到了咖啡的香味。

老奶奶在茶碗里倒上茶，旁边的桌子上放着一只小茶壶。

我的面前摆着只咖啡杯，热气已经散尽了。老奶奶用带着些责备的语气问：

"休息好了吗？"

虽然我没有道歉的必要，不过还是低下了脑袋。喝了口咖啡，发现比刚才那杯要浓。大概是手冲的缘故，味道参差不齐。也有可能是速溶咖啡。

老奶奶发出咝咝的喝水声，我很久没听过这样的声音了。突然，她冷不丁冒出一句：

"你打算把事故写成报道吧？"

我的第一反应是否认，刚想张嘴糊弄，却说不出口。把四年里连续发生的交通事故打听了三起，现在说什么"只是想知道"也没人会信吧。

"是的，我打算发表在便利店卖的那种书上，"顿了一下，我说出了本应一开始就告诉她的事，"我打算把刚才你说的那些写进去，你能授权吗？"

"授权？我不太懂这些，太难了。不过……"老奶奶放下茶碗，"不过，不管怎样，还请你再听我讲一个故事。"说完，她认真地看着我，"在大家之前死去的那个人，小兄弟，你知道多少？"

虽然我已料想到，不过老奶奶还真知道四年前的事故。我打起精神回答：

"是叫高田太志吧？"

高田太志。

生于东京都新宿区，事故发生时三十八岁。没有固定职业，自称目标是成为"小钢珠达人"。前辈的文档中没有他的照片。

四年前的五月一日周五上午八点左右，附近的快餐店员工发现有一辆车坠崖，于是报了警。警察展开了救援行动，不过车主已经死亡。

"四年前，听说还是死于坠崖。以前还有过类似的事故吗？"

老奶奶又拿起了茶碗。

"不，据我所知只有这些。"

"高田先生也来过这家店吗？"

老奶奶摸着茶碗答道：

"不论刮风下雨我都开着店，店里来过各种客人，各种客人哪。"

"所以高田先生也来过这家店吧？"

老奶奶立刻向我投来稍带责备的眼神。

"那是很久以前的事了。能让我按顺序慢慢道来吗？我这种老太婆讲的故事，多少也能帮到小兄弟你吧？鉴于这点，你就听我这个老太婆唠叨几句吧。"

"好的。"

我坐直身子。

老奶奶还摸着茶碗。是她提出让我陪她聊天的，可她沉默了许久后，语速依旧迟缓。

"刚才我可能提到过，我出生在前面的豆南町，以前在医院工作。那是一家挺乱来的医院，这么说也许很狂妄，但要是没有我的话，不知道会怎么样。

"我和我家老头子就是在那家医院认识的。我们是真心相爱的——那个时代的婚姻还是以相亲居多哦。这么说好像很丢脸，不过那都是以前的事了。当时发生了一些纠纷，现在想想真傻。我家也好，他家也好都不是那种会计较身份的名门望族。

"我怀孕的时候可高兴了。虽然吃了不少苦头，不过总还是喜大于悲。"

"是女儿吧？"

"对，生了一个女儿。"老奶奶笑容满面地点点头，"作为母亲或许不该这么夸孩子，不过她真的很乖。虽然学习成绩不算优异，可是很懂事。小学和中学是在豆南的学校里读的，高中时在下田读书。当时每天要乘三个小时公交车，我们本想在下田找个借宿的地方，可她死活不答应……"

"这样啊，还真辛苦。"

我一边敷衍地说着，一边喝了口咖啡。

老奶奶讲话结结巴巴的，听着让人犯困。

"然后，女儿长大了。我家老头子认为，混个高中毕业就行了。我吃过没有学问的苦，所以只要女儿愿意，我想让她继续学下去。

"然而女儿有着不同的想法。她打算离开伊豆，去其他城市看一看。年轻人或许都这样。当时老头子也没怎么反对，因为他的这家茶馆不赚钱，家里全靠我支撑着，只要我说出学费，他也不敢反对。于是，女儿决定报考短期大学。"

我很有耐心地点了点头。让老奶奶随心所欲地畅聊或许是种礼貌，可是录音笔的电量和容量都有限，而且我也想赶在天黑之前回去。不管讲多少，老奶奶的回忆对报道都毫无作用，我是不是该赶快坦诚地告诉她？

可能是察觉到我的焦虑了，她微笑着说：

"我知道，你想听高田太志的事嘛。不过请再陪我一会儿。不管刮风下雨我都在这里，客人却很少，能够像这样聊天我感到很高兴。"

"我明白，可是……"

"没关系，不会很长的。"老奶奶温和而坚定地说完，喝了口茶，"然后我将女儿送往东京，结果大错特错了。至今我都后悔不已。"

我深深地叹了口气。

"一开始，她每天都打电话回来，也写信。基本上每个月都会寄来一封特别长的信。以前我和老头子都把女儿当掌上明珠，认为她离不开我们。当听到她的声音、看见她的笔迹时，我们高兴极了，可同时也感到不安。父母真是自说自话的动物啊。过了一年半载，信少了，这下我们又感到寂寞了。虽然我想去东京看看她，可医院的工作怎么也脱不开手，老头子也有这家店，所以最终我们都没去成。"

过晌，离天花板很近的电风扇晃着脑袋，发出的嗡嗡声直冲脑门。也许是由于这一规律性的声响，我越来越困。老奶奶的声音好像也离我越发遥远。

"是我不好。女儿的第一次婚姻失败了。虽说她读的大学不错，可她的结婚对象只是一介学生。当时哪怕抽她耳光，我也应当阻止她。可是，我不过是一个没离开过豆南町的乡巴佬，被哄骗了几句就相信了这是潮流。那孩子真可怜啊，不停地工作，就为了替吃喝玩乐的丈夫赚钱。半年一次的来信，不是要钱就是抱怨生活。如果可以的话，我真想替她受罪，我一边写着回信一边落着泪。

"我和老头子都小看了她吃的苦，我们以为人生总是有起有落的。女儿不再来信后一年，我虽然每天都担心她过得怎样，可依旧没有去找她。真傻啊。我寄出的信由于地址错误被退了回来，还不当一回事。直到电话打不通，我才明白情况不一般了。终于，我们去了东京，可我们见到的，是一个不认识的人住在女儿的家里。询问之下，他说不知道以前住这里的人去哪儿了。"

我的脑袋几乎已经丧失了思考的能力。确实，老奶奶说过自己有一个女儿，她的外孙女也经常来看她。

"我悲痛欲绝，担心不已。老头子原本是个老实人，可那段时间整日与我争吵不断，简直如同地狱一般。我们互相对骂，将过错推到对方身上，还止不住地流泪，担心她平安与否。女儿早已过了二十岁，我们才发觉原来是自己离不开孩子——只有等一切平息了，我才能这样坦荡地讲出口。"

"高田太志……"

我终于忍不住说出了口。为了提神我又喝了口咖啡。

依旧是迟缓的讲话声、抚摸茶碗的满是皱纹的手、电风扇的嗡嗡声。

"对，对，是啊，"我听到她啜茶的声响，"高田太志，是我女儿的第二任丈夫。"

"什么？"

"我女儿没什么男人运。在第一次失败的婚姻中已经吃到苦头了，可她还是选择了一个靠女人养的男人。不结婚，在六叠大的房子里同居，打好几份工不停赚钱。然而这个叫高田的男人，比她的第一任丈夫更糟糕。整天骂我女儿，拳打脚踢也是司空见惯的事。这些都是我后来才听说的。

"所以说啊，踢踢桌子的田泽绝对算可爱的。那个姑娘是叫藤井吗？她也没怎么害怕，应该是没被田泽打过吧。

"我女儿的经历可大不相同。整天提心吊胆，生怕被拳脚相加。结束工作回家之后，赚的钱要全数上缴。曾经那么开朗的女儿变得阴郁寡欢。晚上没有安眠药则无法入眠，有一段时间甚至拒绝见人。手臂断过一次，没接好，现在左肩还是抬不起来。"

"……"

"我女儿决心逃走，是因为生了孩子。

"高田讨厌小孩，于是对她更凶了。不过眼看自己的女儿长大，变得越来越有女人味，他竟然打起了让自己女儿赚钱的主意。我女儿一直默默忍受毒打，但唯有此事是绝对不允许的。她不希望自己的女儿也过着自己这般的人生。于是她拿着钱，偷了车，逃到了豆南町来。"

老奶奶的声音好像是从很遥远的地方传来的。

店里很暗，而且越来越暗。

"然而，那种男人的第六感都很准吧？他追过来了。女儿能够逃亡的地方只有豆南町，他明白只要往这个方向准没错。女儿在山顶处已经被追上，还是继续逃呀逃……

"那是一个下雨天。可以算得上是大雨滂沱吧，总之雨很大。女儿浑身是泥，摸爬滚打着进来。当时我已经不在医院干了，在这家店里帮老头子的忙。可悲的是，我和老头子都没认出进来的人是自己的女儿和外孙女——'爸爸，妈妈，救救我'直到她向我们求救。

"我们甚至没有时间问事情的原委。追上来的高田闯入店里，马上就劈头盖脸地骂起来。说我女儿没良心啦什么的，满口胡言。小兄弟，你在听吗？"

"在听……"

"老头子本打算将高田推开，却遭到了他的殴打。我家老头子一辈子都没打过架，所以根本没动手。我只是在一旁害怕地颤抖而已。当时高田发表了一番言论。

"'你想回娘家的话，随你的便！只要娘家肯给钱，我就同意和你离婚。不过，孩子归我。因为她是我的女儿！'我女儿回应了什么，我也不知道，好像记得她说'请放过我们的孩子'，也可能说的是别的什么。

"我只能眼睁睁地看着外孙女被带走。高田用胳膊夹着大哭大叫的孩子，走入了大雨中。现在我还记得外孙女不停地呼喊'妈妈，妈妈'的声音。小兄弟，你在听吗？"

"……"

电风扇嗡嗡地响着，却没送来风。

"我女儿追了出去。她抓住高田的衣角，被打；抓住高田的裤脚，又被踢。正当高田打算上车时，我看见女儿做了个动作——不过雨太大了，我没看清楚。

"终于，女儿走了回来，她说：'妈妈，对不起，我杀了他。'

"女儿用手边的石头砸死了高田。真不可思议，老头子根本没出手，女儿这么多年都不敢反抗的男人，竟然用石头一下就砸死掉了。是狗急跳墙，还是说碰巧砸对了地方？

"是老头子提议把车推下悬崖伪装成事故的。有时候老头子看上去很不靠谱，但那一次的手法可谓完美。我年纪大了，总爱说些无聊话，我真的觉得能和他过一辈子真好。不过，让外孙女冷静下来花了不少工夫。"

用石头从后方砸。

石头。

四年前。

"其实，真正麻烦的都是后事。处理完车，我想起女儿用来砸高田的石头，当我们找到时，我脸都白了。

"当时女儿正处于忘我的境界，用**店门口的佛像**砸向高田。这是尊'路神'，你们年轻人应该不知道吧。瞧，佛堂里不是摆着嘛。大家说这叫道祖神，可我们从小就叫路神。

"我想，一定是路神保护了我的女儿和外孙女。不过，**路神的脖子因此折了**。老头子很聪明，无论碰到什么窘境，他都能马上想出法子。"

我感到老奶奶向我这边伸出了手。

"这份'豆南町周边地图'是四年前做的。不巧的是，上面介绍了路神。当然没有写脖子折了一事。做这份地图的是县里的人，他们当然知道佛像是有脑袋的。如果在高田死后看见佛像的脖子折了，说不定会觉得奇怪。

"老头子的担心果然是对的。听说高田的尸体被拉上来后，有些人发现其后脑上裂了个口子，觉得不对劲。幸好最终的结论认为高田掉下悬崖的时候被甩出车外，脑袋撞到了某块岩石。可要是有人发现路神的脖子是刚刚折的怎么办？虽然只是在医院里道听途说过，鲁米诺反应我还是知道的。'到底是撞到什么导致佛像的脖子折了？'如果遭到怀疑的话，只要稍作检测就完了。血液呀，可是牢牢地黏在了佛像上。

"老头子用胶水将佛像接好，他的手很巧。小兄弟你也见识过了吧？粗看根本看不出来，接得可好了。只要这个脑袋还在，女儿就没事。我和老头子都如此坚信着。"

又是啜茶的声响。

"那一年，老头子去世了。最后他对我说，接下去就由你保护女儿了。废话，不用说我也知道。"

老奶奶将宣传手册摆回桌上，我听到了沙沙声。好暗。

"然而，这个世上总有那么些多管闲事的人。尽管我也很同情他们……"

四起事故。

高田太志、大冢史人、田沢翔和藤井香奈、前野拓矢。

大冢到底是为何而来？

"第二年，有个学生前来，说是为了写论文而在做什么调查，能不能让他看看道祖神。我一听，心脏都差点停止跳动。"

原来如此，大冢想调查的不是已经不存在的桂谷关口，而是道祖神。

"佛像不是我私人的东西，所以没办法，只好让他不停地拍照，到处乱摸。我想，学生都是这样的吧。可是他运气真差。他发现了裂痕，竟然说要去县政府问是什么时候裂开的。要是他这么做的话就麻烦了。

"我想绝对不能让他去县政府，所以怀着抱歉的心情给他下了药。由于我女儿的精神状态非常不好，甚至不能外出，所以我随身带着给她的安眠药。我原本工作的那家医院挺乱来的，我假装回去看他们，其实偷偷潜入，连同普通安眠药一起拿了些药性特别强的回来。不过，大冢不喝咖啡，这点令我很难办。如果下在透明的水里，也许会败露。所以我准备了种带有颜色的饮料，唔，到底是什么来着？"

"……"

"田沢呀，我只能说他运气太差。真可怜。和他一起来的藤井就更倒霉了。

"心情不好的田沢到处乱踢，没想到他竟然连路神都踢。比起亵渎神灵这宗罪，踢掉了路神的脑袋更令我操心。老头子使用的胶水是非常强力的，不过经历了两年的风吹雨打，到底还是撑不住了。

"见佛像脑袋掉了，藤井开始责备田沢。田沢应该也不想做得这么过分吧，一副很慌张的样子，看着真可怜。当时我想，这说不定是件好事。要是大家知道'后脑裂了个口子的高田死亡的同时，附近的道祖神的脖子折了'就完了。若是能够改写为'高田死后两年，田泽乱踢乱踹把道祖神给踢坏了'就天衣无缝了。

"可是田泽似乎有这方面的知识。他说，这是用胶水黏起来的，所以不是自己弄坏的。原本就是坏的，与自己无关。要是他在豆南町乱说的话就危险了，所以我在他的啤酒里下了药。之后我造起了现在的这座佛堂，可把我累得哟。亲身经历后，我才深感老头子的心灵手巧有多么重要。"

"……"

"前野先生，是一个很热心的人。太热心了，他来了一次又一次，说起早已被大家所遗忘的桂谷关口和路神说不定能申报文化遗产，不行的话至少也能作为观光资源。真是个大好人。

"而且，他也不是个死脑筋的人。他发现路神的脖子断了之后，只是说'这事以后再说吧'。对前野先生而言，能不能新开辟一个旅游景点才是首要问题。其间，我坐如针毡。只要想到前野先生总有一天会着手规划整修的时间，我就坐立不安。

"结果，前野先生说想带路神回去检查一下。说是打算将黏起来的脑袋切开，让专家来修理。我可愁死了呀。幸好，对这种山路上的路神有兴趣的只有前野先生而已，现在县政府已经不再来消息了。"

我只是粗看了一眼道祖神，根本没注意到脖子上的伤痕。

老奶奶将脸凑过来说：

"然后是小兄弟你。去年的秋天，你来过这里吧？"

"……"

"我很快就听说有人在调查豆南町的连续坠崖事件，毕竟这儿是个小镇嘛。只要有外人来，消息马上就传开了。可是小兄弟，当时你没来这家店，你车里应该装有导航吧？"

不是的！

我从未来过豆南町，这是第一次来！

一年前来调查连续坠崖事故的人，是我的前辈！

不是我！

我很想喊出来，声音却卡在喉咙里。

"要是把四起交通事故串在一起公之于世，那就麻烦了。哦不，不是我麻烦，我已经在等死了。我女儿虽然是出于防卫，可的确杀了人，总有一天需要为此付出代价。不过，外孙女还小……

"我只是一名守关人，如果你不来这家店，我就无计可施了。小兄弟你第一次来这儿的时候不就是吗？我是后来才听说的，可担心死我了。这次真难得呀，小兄弟你又来了，而且认真地听完了我的故事。一定是路神在帮我吧？你口袋里的机器，待会儿我一定会好好弄坏的。"

合拢的眼睑下方浮现出前辈的面容。前辈仿佛在对我说："我不是说了吗？要是不当心的话，会很危险哦。"

不是我！调查事故的人是前辈呀！

我已经听不到电风扇发出的嗡嗡声了，也直不起身子。失去力气垂落的手臂把咖啡杯甩到了地上。

很远很远的地方，传来喑哑结巴的声音：

"喂，听得见吗？小兄弟，能听见吗？还能听见是吧？"

我好不容易才撑开沉重的眼睑。

眼前是老奶奶的眼睛。似笑非笑的眼睛，死死地盯着我看。

"再过一会儿，应该就听不见了吧……"

满　愿

一

　　接到那个翘首以盼的电话，是下午一点之后的事。

　　"老师，多亏了你，今天早上我出狱了。非常感谢你的帮助。"

　　电话那头，鹈川妙子的声音令我非常怀念，好像从未变过。虽然我去探望过她很多次，但能回忆起来的，只有我学生时代见到的她的样子。

　　"你受苦了。今后的日子还是美好的，我也会尽量帮你。你现在能过来一趟吗？"

　　"可以，我正打算过来拜访，大约一个小时之后到。"

　　"我等你，再见。"

　　说完我挂上电话，深深地叹了口气。

　　这么多年过去了。

　　鹈川妙子的案件是我自立门户后处理的第一起杀人案。在曾经待过的律师事务所里，我确实经手过几起案件，但不能否认当时的我非常缺乏经验。我四处奔波，不断搜集哪怕只有一点点帮助的材料，那场官司打得很艰难。

花了三年时间，好不容易到了上诉这一步，可是被告要求取消上诉，最终维持一审判决，刑期八年。我认为，应该还能再拼一拼。就结果而言，虽然法院不认同正当防卫的观点，但至少充分理解被告身陷危险的情况。鹈川妙子却不断地重复："够了，老师，已经够了。"她没有让我继续上诉。

走到窗边，我用食指撩开一丝百叶窗。

昭和六十一年三月，我在中野开设了律师事务所，至今已有十年。十年前也不算新的大楼如今更旧了，渐渐地，窗上贴着的"藤井律师事务所"几个字悄然融入了城市中。才刚刚入春，眼皮底下往来的行人中既有穿着单薄罩衫的，也有穿着厚大衣的。比我资历还老的炸猪排的店铺前，一面酒旗迎风飘扬。风好像很大，鹈川妙子——希望妙子别留下太多不好的回忆。

我回到办公桌前，把手指放在今天早上开始翻了无数遍的文件上——记录着案件的脉络、判决的脉络、检方的论点、我的论点、证人与被告的发言的黑色文件。

去掉审前拘留的时间，五年零三个月后，她刑满释放。虽然是模范犯人，可是她没有亲属，没人担保，所以无法得到假释。不过我知道，有一段更长的时间，她被别的什么"禁锢"着。

文件没有禁受住多年来源自书架左右的压力，变得有些扭曲。

二

在我二十岁的冬天，应该是昭和四十六年，我的宿舍着火了。

火势不猛，虽然我有幸能将存折、必需品、刚刚买齐的法律书籍带了出来，可是没了住的地方。见我有难，学长给我介绍了一个刚刚开始招租的地方——鹈川家。

独自来到不熟悉的调布市，凭着学长匆匆画成的地图，我在围墙与栅栏间迷路了。好不容易找到了鹈川家的大门，出来迎接我的人是妙子。她当时有二十七八岁，还没什么家庭主妇的味道。她大方的笑容中透露着一股凛然正气，是个十分与众不同的人。

我是在着火后的第三天来到她家的。还来不及准备衣服的我，身上挂着一件着火当天穿的被烤黑、扯破的衬衫。妙子虽然穿得很日常，却是一件无可挑剔的剑翎花纹的和服。和她相比，我的样子可真惨。可是妙子并没有因此讨厌我，而是对我表达了同情，还为我准备了一杯煎茶：

"我听说了你的情况，真不幸啊。"

鹈川家世代经营榻榻米，家里是一座店铺兼住宅的二层瓦砾建筑。屋里的顶梁柱很高，天花板使用的是无节木板，似乎没有华丽的一面，不过隔窗是经过精雕细琢的。支着晾衣竿的庭院很小，在冷清的寒空下，枝叶浓绿的山茶树上开着一朵鲜红的花。

可是我总觉得这个家里好像缺了点什么。餐厅、客厅，就连佛堂我也参观了，所有的东西应有尽有，唯独少了份生活的气息。

"还有谁住在这里吗？"

我问道。妙子用纳闷的表情答：

"就我和先生两个人。"

父母走了，也没有孩子，家中的寂寥感或许正源于此。

招租的是二楼的房间。二楼只有一个房间堆着杂物，其他都空着。他们好像几乎不上楼，可是从门把手到窗框都被擦得一尘不染，与其说佩服不如说是被惊到了。后来我才想到，为了迎接一个学生竟然如此用心打扫，妙子真是个严于律己的人。

当时我的学业渐入佳境，书本正在渐渐增多。虽然妙子家的房租不比周围的便宜，可是她同意让我使用六叠与四叠半两个房间，而且还包三餐。于是我马上说：

"今后还请你多照顾！"

然而租房子的事没能当场定下。

"先问一问我的先生吧。"

于是我们在客厅等她的丈夫鹈川重治。

虽然号称马上回家，可是重治久久未归。和妙子面对面而坐，等待的时间显得很尴尬。我不习惯正座，感到十分拘束，便缩着身子。似乎是为了缓解我的紧张，妙子问了几个关于我故乡、学习方面的问题。

"唔，我是学法律的，希望将来能派上用场。"

对于我有些语无伦次的回答，妙子微笑着说：

"我们这样的人有责任帮助学生，我一定会在先生面前替你说话的。"

一个小时后，重治回来了。他是个话不多、一脸严肃的阴郁男人，年龄比妙子大一两岁吧，不过络腮胡与凹陷的眼睛使他看起来老了一圈。他瞥了一眼衣衫褴褛的我，毫不掩饰不悦的心情。虽然没说什么难听的话，不过他强调了一句：

"每个月二十号之前一定得付房租。"

多亏了好心的同学们帮忙，才花了上午半天的时间就差不多搬完了家。

自打我住进去后，重治就没给过我什么好脸色。比如吃晚饭时，妙子见我的碗空了，便会问："要不要再加一点？"有时重治会一声不吭地死死盯着我看。

虽说寄人篱下而自矮三分，不过我是连饭钱也一起付的，照理他不该给我看脸色。可是当时我的脸皮很薄，总是草草吃完，时而在半夜出去吃个中华炒面什么的。

要说最尴尬的就是吃饭了，可是搬过去之后，我的学业突飞猛进。果然，同一屋檐下若是有个照顾自己的人，不自觉地便会督促起自己来。

半夜，当我一个人在屋里努力时，妙子经常会悄悄走上台阶，给我送来一些夜宵：饭团加两块腌萝卜，有时还有一碗味噌汤。充满专业术语的外文书与错综复杂的法律原理常常把我搞得焦头烂额，每当此时，那份关怀就成了我极大的动力。

看到我鼓着腮帮子吃饭团，妙子经常鼓励我：

"一定要努力学习哦。"

在白炽灯柔和的光线下，妙子看上去更美了。所以我不得不转过身去，大部分情况下都只回答一句："好的，我会努力的。"从不和她多聊什么。

不过，每当我学习遇到瓶颈、自暴自弃时，妙子便会这样说：

"法律好像是门很难的专业啊。"

这样一来，给足了我面子，令我难以说些气馁的话。于是我虚张声势地说：

"不，其实也没什么难的，对我而言方程式要难得多。"

"现在你在学些什么？"

"现在我在学'法治'是怎么回事，也就是基础中的基础。重新学了才发现，也有不少难点。"

"基础中的基础，具体指什么？"

"按照我的理解，就像不好的法律也是一种法律一样……"

妙子总是笑盈盈的，边附和着边听我说。

不过现在想想，妙子真的对交织着法律用语和法律学家名字的对话感兴趣吗？她应该是看出我陷入了困境所以故意引我思考的吧。我为了让他人理解，一边理清思路一边回答，有几次突然就发现了问题的突破口。就算没那么顺利，焦躁的心情也能得以平复。

如果没有投宿于鹈川家，也就是说如果没有那场火灾，或许我根本当不了律师。命运真难琢磨。

不过，只要有眼睛就会看见不想看的，只要有耳朵就会听见不想听的。

重治表现出对我异常冷漠的样子，所以我想，招租一定是妙子的提议。我曾经借机问过此事，妙子难得地露出了窘态：

"是我丈夫提出的，说反正房间也空着，不如借出去。他不太好相处，希望你见谅。"

也就是说，重治认为二楼的房间能够换钱，所以想租出去，可一旦有人住进来了又发现自己不高兴。真是自说自话，不过我也不是个好相处的人，不能光责怪重治。

重治经营的家业似乎也不怎么样。

快考试了，某个白天我在屋里学习，一位盛气凌人的老妇人突然闯了进来。重治好像不在店里，老妇人的怒吼声响彻整栋房子。

"我呀，是因为受到鹈川家先祖的照顾，所以以为你们这家店很讲诚信。开什么玩笑啊！你们说我家的榻榻米必须全换新的，我跑去井出那儿一问才知道，连表层都不需要换，只要翻个面就行了！至今为止我一直都对你们言听计从，花了不少冤枉钱，今后不会再给你们这种黑心商家赚一分钱了！"

妙子应该在店里，可是听不见她的声音。老妇人的怒吼声更大了，刺得我耳朵疼。

"听懂了吗？你也不是什么好东西！翻面根本赚不到钱，所以你催着自己老公赶紧骗我买新的不是吗？你们的先祖和我简直就像亲人一样，不过我今后再也不会来找你们了！"

而且这类事情不止一次。

哎呀，怎么比别家店的预算要高出一倍？哎呀，才一个月边缘就脱线了。有时结账晚了，还会有讨债的电话打来。然而最过分的一件事发生在春天。

樱花如梦般凋谢，四散的花瓣化为路边的尘埃。

穿着围裙、包着头布的妙子在大门前扫地时，重治拉着一辆拖车回来了。我那天正好回来得早，并非故意偷听鹈川夫妇间的对话。重治的声音与平时大不相同，好像很得意，所以我不禁因好奇而驻足。我躲在黄杨树丛与电线杆后面，他们好像都没有发现我。

"怎么样？这是从波贺家拿来的。"

波贺是这附近的一户有钱人家，春天的时候开始重建家里的副楼。据说想把房子由日式改建为欧式，所以将不要的榻榻米转让给了重治。

妙子的声音一如既往的沉着：

"你打算怎么处理？"

"这些东西很好，无伤无痕，是波贺家心血来潮换下来的，根本没用多久。一定会有人满心欢喜地买下的。"

"你打算卖二手商品？"

妙子如此提问无可厚非，重治却突然提高了嗓音：

"要你管！"

大喝声过后，就听见砰的开门声，重治进入店里。

鹈川家的店从来不卖二手商品，因为旧的榻榻米理应白送才对。之所以被问及是否打算卖二手商品而气急败坏，应该是因为他想拿它当新品卖吧。

我是一名学法律的学生。和普通年轻人一样，相信法律的正义，有着一颗追求公正的心。我对重治的欺诈行为感到十分愤怒，无奈没有证据。当时，重治只是拿回了一些旧榻榻米而已。就算重治对寄宿者再冷淡，他也接受了因火灾而失去住所的我，是我的恩人。我没有暗中调查的想法，不想揭发他的阴险小计谋。我决定就当没看见。可是，心里好像总有些令我很不舒服的东西。

　　我只借宿了两年。其间鹈川渐渐丧失信用，生意一天天衰败下去。

　　我曾经在半夜里见到过妙子打算盘。在账簿前拨动算珠的妙子面无表情，不知为何我感到阴森森的。

　　到了夏天，鹈川家的二楼酷热难耐。

　　学校已经开始放暑假了，我没有回老家。为了赚足生活费，白天我打起了临时工，晚上和休息天拼命学习。

　　年轻也好，热情也罢，在那样的酷夏面前都化为了一摊水。我把二楼所有的窗户都打开，只穿一件背心，边流汗边与书本堆成的山"搏斗"，可好像完全看不进任何内容。什么杰里米·边沁啊，什么蜜蜂的脑袋呀，见鬼去吧！正当我扑倒在榻榻米上时，从楼下传来了招呼声：

"藤井先生，我切了冰西瓜哦，下来凉快一下吧。"

真是一场及时雨。我连志气也不要了，答道："马上下来！"用手胡乱抹了把汗，雀跃地穿上了乱丢的衣服。

重治不在家。他原本就很少在家中。我下到餐厅，发现妙子不在那儿。

"老板娘？"

我叫道。没想到她在客厅里应道：

"在这里——"

走廊上的窗开着，竹帘放下，房间通着风。正好吹来一阵微风，房檐上挂着的风铃发出清脆的轻响。妙子身着浴衣手持团扇。

"今天特别闷热哦。"

"对，一点也没错。"

矮桌上的盘子里摆着切好的西瓜。西瓜是冰镇的，我更想把它摆在热昏的脑袋上。

西瓜的肉质很松，不是好瓜。可当时我只是一个不会品赏的学生，根本没有挑三拣四的念头，于是我高兴地大口啃起来。妙子才吃了一口就"哎呀"一声站起来，拿来了一只小瓶。

"撒一点吧。"

"这是？"

"盐。"

"哦，在西瓜上撒盐？好像感觉很奇妙。"

很难为情的是，当时我并不知道在西瓜上撒盐的吃法，就像猴子见到了不明物体般躲得远远的，用猜疑的眼神一直盯着盐罐子看。妙子见我这副模样，微笑道：

"这样吃。"

妙子在西瓜片的三角尖上撒上一点，然后张开小嘴一口咬下。见状，我也小心翼翼地模仿起来。直到现在，我都认为那是我这辈子吃到过的最好吃的西瓜。

"原来如此，好吃，太好吃了！"

"真是个怪人。"

妙子遮住嘴窃笑。

我们一边吃西瓜，一边聊天。

"藤井先生盂兰盆节回家吗？"

"我打算回去一天。我是次男，其实不在也没关系，不过不出席的话亲戚会很啰唆。"

妙子皱起美丽的眉毛，批评我：

"得好好供奉先祖哦！"

没想到她的语气如此强硬，我有点慌张。

"嗯，每年都是我打扫坟墓的，杂草长得很快。"

这么说是为了挽回刚才的失分。妙子没发现我的狼狈，而是将眼神转向别处。我很好奇，随着她的视线，看见平时空荡荡的壁龛上挂着一幅旧画轴。

上面画着一个衣衫褴褛的男人，满脸胡子，很胖。男人的上方潦草地写着些什么字，不过我看不懂。我只知道，这幅画轴有些年代了。

"这是？"

妙子用陶然的表情一直盯着画轴：

"这是岛津大人赏赐给我的先祖的。"

"岛津大人？"

"我的先祖开设私塾，帮助地位低的武士，使他们出人头地。听说私塾的一名学生在内战中立了功，于是岛津大人将此画赏赐给了我们。听说诗文是岛津大人亲笔写的，十分珍贵，所以我每年都会拿出来晒几天。这可是我家的传家宝哦。"

她所说的"我家"应该不是指鹈川家，而是自己的娘家吧。这幅画应该是她嫁过来时的嫁妆，可能妙子娘家没有能继承传家宝的人了。

"写得真漂亮！"

见诗文的笔迹大气磅礴，我赞叹道。没想到妙子就像自己写的字被表扬了一般羞涩起来，她微微颔首。那是我从未见过、今后也再没见到过的少女般的天真仪态。

之后妙子依旧盯着画轴看了一会儿，终于认真地转向我，用一贯的口吻说：

"藤井先生，一定要努力学习哦。"

我刚想回答"知道了"，可是妙子的眼神中带着不同于以往的热情，我无法草率地作出回应。妙子好像在叮嘱小孩子似的强调道：

"世事往往不如意，所以学问很重要，只要有了学问，就能少走许多弯路了。请千万要努力学习！"

不知不觉，风停了，风铃安静了下来。那是差点热死蝉的酷暑天。

三

据推测，鹈川妙子杀害矢场英司是在昭和五十二年九月一日的晚上九点至十一点之间。

九月二日下午四点多，一名住在调布市的男性在跑步途中发现空地上躺着一个人，便打了急救电话。急救队七分钟后赶来，发现倒地男性已经死亡，等警察来了之后便收队了。

我手头有尸体被发现时的照片。那块空地原本计划建造公寓，不过由于不动产公司筹措资金需要花时间，从五月开始一直是空置的状态。可能没有请人除草吧，到了九月杂草丛生，差不多有大人的腰这么高。尸体放置于离马路约三米的地方，由于杂草阻挡视线，从外围根本看不见尸体。发现尸体的人后来被问及是如何发现尸体的，回答说是想小便才走进草丛中的。

在尸体的口袋中发现了钱包，虽然驾照被抽走了，不过通过名片马上确认了死者的身份。他叫矢场英司，五十五岁，在小平地区经营着一家借贷公司回田商事。亲属只有一个身在远方的儿子，不过通过几名公司员工，当天就确认了尸体正是本人。经过验尸，证明了死因是由于腹部遭尖锐刀具刺伤而休克死亡。由于人手不足，没有进行司法解剖。

工作关系，我认识了不少金融界的人。虽然他们的性格、嗜好各不相同，但非常不可思议的是，他们的眼睛都十分相似。那是一双仿佛能看清对方内心的眼睛。他们用好像在地狱中见到神仙似的表情借完钱，一转身就把你给忘了，最后还装失忆蒙混过关。多见几次就知道了，他们一般都长成这样——一名老前辈告诉我。至今为止，这套理论很准。

从被害人的照片来看，他的眼睛也符合以上描述。

警察不会调查到律师这里来。根据法庭上检察官主张的内容，我大致明白了九月一日矢场的行踪。

和往常一样，他在早上八点半出门。他有车，不过只要不下雨，为了健康他一般走路去公司。九点前到公司，开锁。上午去公证处，委托票据背书。下午虽然在公司，不过据说的确和平时的状态不太一样。

"平时他简直就是一个工作狂，可那天他有点心神不宁。"

一名公司员工告诉我。另一名员工说：

"那种状态说明老板想抓住某个'猎物'。虽然他已经故去，但毕竟不是一个值得尊敬的人……"

借贷公司放款出去是为了赚利息，可是听说矢场有时会为了一己私欲而放款。他曾为了想要的古董而暗算别人将其占为己有，也和看上的女性进行一些卑鄙的交易。听了诸多流言蜚语后，概括来讲，他的名声并不好。

平时总是加班到很晚的矢场，这一天一到下班时间，也就是下午六点就开始做准备工作，不到六点半就没了人影。七点左右，他来到经常光顾的中华料理店，应该是直接从公司过去的吧。这家店的老板做证：

"矢场先生和往常一样点了饺子和啤酒，不过马上说'算了，不要那些'。我问他是不是不吃了，他答'不是，因为接下去和人有约'。"

一个小时之后，矢场离开了饭店。直到第二天尸体被发现为止，都没有人见过他。当然，凶手鹈川妙子另当别论。

通过清查矢场公司的账簿，搜寻拖欠债务的人，警察发现了鹈川这个名字。警察的首次盘问，于尸体发现后的第三天，也就是九月四日进行。警察原本打算找鹈川重治问话，可由于他身体不适正在住院，警察便找到了鹈川妙子。从发现妙子的举止可疑到搜家，才花了不到一个礼拜。

对律师而言，被告没有动死者的钱包这点很幸运。

妙子没有被起诉抢劫加杀人罪，而是杀人加尸体遗弃罪。

文件中还附有证物的照片，其中大多数都是我见过的东西。

作为凶器的菜刀是鹈川妙子一直在厨房使用的那把，搬运尸体的拖车是重治在工作中用的那辆。藏于客厅壁橱中的坐垫、壁龛中搜出的画轴、隔板上的达摩像上均发现了血迹，证明了案发现场是鹈川家的客厅。

红色的达摩身上，乍一看根本看不出血迹。不过根据科学鉴定，发现了达摩背部有一滴溅上的血沫。仔细瞧的话，能看见十分微小的一个黑点。

小小的达摩像上，只画了一只眼睛。这应该是鹈川妙子和我一起请的达摩像吧。我请的那尊已经"满愿成就"①，画上两只眼睛，供奉在庙里了。可是鹈川妙子的达摩像怎么样了，我并不知情。

---

① 向佛祈愿，达成愿望的意思。满愿后可为佛像画上眼睛。

四

那是我即将升上大学四年级的时候，也就是借宿于鹈川家的第二年的春天。

当时我的精神状态很不好。一个劲地学习、无法从将来的不安中逃离、面对书桌的时间长得不敢想象、学习完全没有进展——我不断地重复着这个恶性循环。吃不下睡不好，和人交往也不顺利，同学们都很担心我。进入考试阶段，大学的课也停了，这更使我的焦躁升级了。

书桌上，放着一张离家时拍的全家福。家人都这么支持我，所以我不得不努力！为了鼓励自己，我把照片放进相框摆在桌上。可是最近我感到家人的视线好像在责备我，我不忍直视，只好一直合着相架。

某天夜里，当我手握铅笔对着一张白纸愁眉苦脸时，楼梯上响起了嘎吱嘎吱的声音。是妙子给我送夜宵来了。本应回以感激才对，我却板着脸接过盘子。虽然我想一个人待着，可总不见得让妙子出去吧，于是我沉默地吃起了饭团。

妙子应该早就看出我的焦虑了，她徐徐地向我开口，声音温柔得像是在安慰：

"藤井先生，学习还顺利吗？"

我没有掩饰自己的焦躁：

"没有进展，怎么也学不好。法律这玩意儿，恐怕不是像我这样脑袋不好的人能应付的。怪自己过去没有好好考虑过何为'门当户对'，现在不能说放弃就放弃，只能说是自己选错了路。"

听完可悲的牢骚话，妙子非但没有责备我，反而微笑着转换了话题：

"明天我有事要出去一趟，不过行李可能会很多。不好意思，你能不能陪我一起去？"

"我？"

借宿了一年多，我从未陪妙子一起出去过。这个想法好像根本不存在似的，而且当时对我而言时间弥足珍贵。见我犹豫不决，妙子罕见地强调了一句：

"是的，务必。"

我只是个平添麻烦的借宿者，被如此拜托，根本无法拒绝。我只好不情愿地点了点头。

第二天，大晴天，早春的风有些冷。我穿着一件很旧的军绿色大衣，那是我学生时代唯一的一件防寒衣。妙子穿着桔梗纹的丝绸和服，外面加了一件质地细腻的外套。重治看见我们结伴出行，脸色自然不好看，不过妙子似乎早就已经告诉他了，所以他并没有问东问西。

一路上的气氛很怪。

妙子穿着草鞋，走得不快；我怕忘记案例、理论，所以边走边喃喃自语着。许久，我都把自己关在密不透风的房间里，虽说是三月柔和的日光，但太阳光刺得我眼睛疼。低着头的我跟随妙子时不时的叮嘱声行走，"拐弯了哦""停一下"。旁人看来，像是某个富商的妻子带着个迟钝的木偶，一定很滑稽吧。

我们走了几十分钟，妙子突然停下来说：

"藤井先生，请抬头看看。"

我驻足抬头。

我竟然身在花朵筑成的隧道中。

颇具韵味的树枝上，开着无数白色的花朵。一见眼前的这番风景，耳边就响起了鸟叫，鼻尖就闻到了花香。

"啊……真漂亮。"

我赞叹道。

"时节刚好，正开得绚烂。"

"这不是樱花吧？"

由于我太过一本正经，妙子为难地一笑。

"这是木莲花，白木莲。"

"哦……"

原来这叫木莲啊，我实在不好意思这么说。我都快升大四了，却连木莲花都不认识，真没文化。

妙子看准了时机，对看得入迷的我说：

"这段时间，你挺焦虑的吧？"

"嗯，是的。"

"有什么为难的事吗？"

我呆呆地看着一直延伸下去的花路，将连同学都没告诉过的事情，坦率地向妙子吐露：

"我的父母是千叶市捕鱼的，近来好像鱼很少，他们说无法像以前那样寄学费给我了……"

不仅仅是鱼少，长年累月的工作使得父亲的膝盖受损，据说能不能像以往那样工作都是个问题了。

"当下的学费、住宿费是没问题，可将来的情况应该不会变好，想到这点我就心烦。我必须快点通过司法考试，不然进入社会之后既没学习的时间也没金钱。"

"司法考试有那么难吗？"

"基本都得学个五年十年，有些人甚至花了二十年。如果能在学生时期考出来，简直就是奇迹。"

由于刻苦，我的成绩一直在提高。可我的脑子不够聪明，而且缺乏弹性思维，不具备一次就过的素质。虽然明白自己的缺点，可是找不到补救的方法，那是一段十分痛苦的时期。

我们沉默着走了一段路。像是为了弥补刚才低头的损失，我狠狠地抬起头看着那些白色的花朵。

"老天爷一定知道的。"

终于，妙子说了一句。

"哦……"

"人世间多是不如意，有时好似在泥泞中摸爬滚打。但是藤井先生，不能因此丧失自信。只要心中存有骄傲，未必所有的坎都过不去。至今为止你是那么拼命，我看到了这些，老天爷一定也看得到……今天，请好好祈愿。"

不知何时，耳边渐渐响起了喧嚣的人声。下坡的尽头，有一片繁茂的杉树林。从树林间隙，能看见寺庙的铜板瓦片屋顶。

连木莲都不知道的我当然不可能知道，那一天是调布深大寺的重要祭祀。明明是上午，还没走到寺庙门口就能看见参拜道上人山人海的景象。对于长期置身于二楼房间的我来说，这简直是一番令人头晕眼花的景象。矍铄的老妇人、黑社会似的年轻男性，还有跟团的旅客。孩童们奔跑穿梭于人群之间。我终于明白了，原来妙子所说的事情就是这个。瞬间，我们差点被人群挤散，我紧盯她身上的桔梗纹，拨开混杂的人群。

跟着大家拾阶而上，穿过大门进入庭院后，我不禁惊呼了一声。到处都铺着席子，上面搭着人偶架，一切都是雪白与鲜红的。人偶架上的商品是达摩像——小孩子能一把抓住的小达摩、和大人脑袋差不多大小的中达摩、没有平板车运不了的大达摩……庭院内全是达摩、达摩、达摩，快要满溢而出了。虽然场面很壮观，可是光有达摩，总感觉有些怪。我问这是怎么回事，旁人答曰"达摩市"。

我本以为达摩只是一般纪念品店出售的商品，没想到竟然还有达摩市。转眼间，男女老少都准备请一尊达摩回去。值得钦佩的是，哪儿都没有价格牌。一看就知道这不是普通的买卖。

要说最吸引我的，还是庭院一头的供奉处。一边是人们刚刚拿到还没画眼睛的达摩，一边是画有双目的达摩被不断运往供奉处。由于过于拥挤，前方的行人停了下来，有好些人仿佛投球般将达摩扔向供奉处。妙子应该并不是想带我看这种场景吧，她驻足回头，将好奇的眼神投向我。

"怎么了？"

"没什么。"

我答道。有一小会儿，我目不转睛地看着人们投掷"满愿"后的达摩。

那些达摩的身上，应该背负着各自的愿望吧。愿望成真，达摩们默默守护。看着无数的祈愿与结愿，我心中涌现出奇妙的感慨。我的学业能否大成？司法考试能否通过？对我而言要紧的事只有学业。考试确实很难，可是并非一定没戏。我第一次有了这种积极的想法。至今为止已经有许多梦想成了真，所以我并非毫无希望。这种突如其来的转变也许毫无根据，不过仿佛有一阵和风吹散了阴暗消沉的日子，替我驱走了噩梦。

"选一尊达摩像吧，"妙子如此劝我，她的声音好像格外高兴，"藤井先生已经非常努力了，接下来唯有祈求神的助力。这座达摩市历史悠久，求一下总有用的。"

鼓舞的话一下子就起了作用，我在早春的寺庙中悄悄地捏紧拳头，告诉自己还有时间。

我与妙子各请了一尊达摩像，是放在房里也不会占地方的小号达摩。我的愿望当然是通过司法考试，妙子没有说自己许了什么愿，我也没必要特地问。

不知是否是达摩像起了作用，我通过了五月份的选择题考试。既猜中了考题，脑子也特别清醒，合格比想象中要容易得多。不过仅仅这样，还不能确定自己是否达到了一定的标准。可自从那次去了达摩市以后，自己不再被情绪左右了。不管怎样，必须努力。画上了一只眼睛的达摩坐镇于书堆上，俯视着书桌。

不料，金钱的烦恼比预期来得早。很早以前鱼就开始变少了，再加上父亲身体恶化，据说六月的生活费要晚些才能给我。不巧的是，我正好在准备考试，无法出去打零工，而且由于买了不少必要的书籍，钱包早已空空如也。

其他应该都能对付过去，可每月二十号的房租就难办了。生活费应该不出十天就能汇过来，看来只有求房东宽限几天了。不幸的是，房租一般是交给重治的。虽然我平时天不怕地不怕，但这种情况下还真忧心。

黄昏时分，小雨淅淅沥沥地下着。在二楼窗口见妙子出门，我下定决心趁此机会向重治低头——因为不太愿意被妙子看见自己的狼狈相。我走下楼梯来到餐厅，跪坐着喊了一声"打扰了"后，打开拉门。

我马上就闻到了一阵熟柿子的香味。重治坐在坐垫上，单脚竖着，矮桌上摆着一升的酒瓶与酒杯，他空口喝着酒。我一点也不吃惊，因为最近重治经常一身酒气地坐上饭桌，有时甚至等不到晚饭就醉得睡了过去。我不好意思向醉酒的人商量金钱之事，本想敷衍几句就退回房内，没想到重治瞪了我一眼，竟唤道：

"学生啊，来陪我一下。"

重治虽然满脸通红，口齿倒很清楚。拒绝的话可能会惹他生气，再说我也不讨厌他，于是向前移了几步。

"那么就一会儿。"

酒杯只有一只，于是我用小碗代替。重治换了个盘腿的姿势，满满地给我倒上酒。我以为他是在考验我，于是一口气喝了下去。没想到重治反而觉得无趣。

"好喝吗？"

廉价，又烈又次，唯一的优点就是含有酒精。虽说身为穷学生的我很难喝到酒，但即使这样还是觉得很难喝。

"我不会品酒。"

我故意逃避问题。重治竟然点了点头。

"根本不好喝。"

"不好喝也要喝吗？"

"为了喝醉。"

说完他将自己杯中的酒一饮而尽，我给他倒满。重治看着酒，几乎是自言自语般说道：

"醉吧醉吧，偏偏自己那么能喝，真不幸……酒钱越花越多，可这玩意儿根本解不了忧。"

说完他又举杯痛饮。

重治的生意好像每况愈下。是工作不顺利导致心情郁闷，还是心情郁闷导致工作不顺利？有时他因为下雨所以早早地关门，有时他因为肚子痛所以挂上了休息的告示牌。如果他再这样嗜酒，怕是将来就完了。光重治一个人的话，就让他自作自受吧，可若是将妙子也牵扯进去就太不公平了。虽然我没资格对别人的人生指手画脚，可还是忍不住拐弯抹角地说：

"虽然您这么说，可是有个如此能干的老板娘，真是令人羡慕啊。我将来也会娶妻，得学会小心翼翼地与妻子共同生活下去。"

"能干的老板娘？"重治鼻子出气哼了一声，抬起眼皮瞪着我，"学生啊，你几岁了？"

"二十二岁。"

"二十二啊……"重治重复道，嘴巴的一角做作地上扬，"到了这个岁数，也该知道一点人生的奥妙了。不过你好像在准备一个很麻烦的考试，没那种时间，说可怜也是蛮可怜的。"

然而重治说得一点也没同情心，还把酒杯咚的一声放下了。重治注视着自己的手边继续说：

"酒量好是件很不幸的事，有个能干的老婆更不幸。"

"很不幸吗？"

"对学生来说很难理解吧，"重治含笑说着，刚拿起酒杯送到嘴边，就呷了一下嘴，"这酒真难喝，学生啊，你也是这么想的吧？"

与重治单独聊天的机会，仅此一次。

可我还是没想到该如何筹钱。到了二十号再请求他们宽限的话，他们对我的印象一定会变差。就快要论文考试了，我不想因为一些生活上的事而烦心。不得已，我决定找妙子商量。

那是一个有些阴沉但没有下雨迹象的梅雨天。

重治一早就出门了，我向穿着围裙正在晒衣服的妙子打招呼，请她来到庭院中道出了实情。听着听着，妙子渐渐皱起了眉头。

"我很想帮你，但不知道我丈夫愿不愿意等。他不是很喜欢你，说不定会说出拖欠一次就要赶你出去之类的话。"

"我毫无借口可言，也已经做好被赶出去的准备了，只是能不能先借我半个月房租？"

妙子把手抵在尖下巴上，沉思了一会儿。

"只要在汇款到之前，暂时把租金给我丈夫就行了吧？"说着她走上走廊，回头说，"来这边。"

妙子带我来到了客厅。壁龛上插着鸢尾花，隔板上孤零零地摆着春天时请的达摩像。隔板下面有个小壁橱，妙子拨开衣服下摆跪坐于前。然后她像是突然想到了什么般。

"有什么能遮住眼睛的东西吗？"

我鹦鹉学舌："能遮眼睛的东西？"

"不，就这样吧，请您闭眼。"

说着，妙子让隔板上的达摩背过身去。

她重新将手伸向壁橱的拉门，拿出了一只细长的木箱，箱子用紫色的绳子扎着。妙子沉默着解开绳子，向木箱合掌后，恭恭敬敬地打开盖子，里面是一幅画轴，应该是我见过的那幅。箱子里原来不止一幅画轴——

还有一只装着钱的褐色信封。

妙子从中取出一个月的住宿费，递给我。

"这些钱是以备不时之需的，你先拿去给我先生，等汇款到了再还。"

我很是吃惊。她不仅藏私房钱，还在我面前打开了小金库，甚至把钱借给了我。我确实有"妙子应该会帮我"的依赖之心，但没想到是以这种形式。

我只好含糊地说："真……真不好意思。"并用双手接过钱。

我用那笔钱付了住宿费，汇款一到就将同等金额还给了妙子。就在次月，我通过了司法考试最难的部分——论文考试。

五

鹈川重治瞒着妻子，整天在外头花天酒地。钱是问矢场英司的公司回田商事借的，鹈川重治才刚因肝硬化住院，妙子就被矢场追着还债。杀人的动机自然是因为债款，这点我与检察官并无争议。

不过在具体的作案经过上，我们各持己见。

检察官认为鹈川妙子是为了逃避债务而杀人，使用菜刀行凶证明了这是一起恶性的故意杀人案。

我的观点不同。我承认鹈川妙子杀害了矢场英司，但那是因为矢场以债务为由逼妙子发生男女关系，妙子为保护自己才冲动犯罪。所以这起案件并无计划性，只是正当防卫而已。

这是我负责的第一起杀人案，就与检方大唱反调。这是非常需要勇气的行为，而且事实上许多同行都对我提出了忠告："藤井，年轻的时候还是老实点为妙啊。"不过我无论如何都希望被告的刑期能短一些，而且我本来就天不怕地不怕。

庭审变得很激烈，很残酷。文件里一丝不苟地记载着各种对立意见以及我当时的感想。

"为了逃避债务而杀人，不值得同情。"

——就算杀了矢场也不可能清账，这一点被告很清楚。为了逃避债务而杀人的动机根本不现实。

"备着菜刀证明被告心怀杀人计划。"

——菜刀是被告平时用的那把，如果真有杀人计划，为何不买一把新的呢？被告是为了切西瓜才将菜刀拿到客厅的，确实有人证明被告当天买了只西瓜。

"刺伤死者后没有立刻打救援电话是饱含杀意的证明。"

——检方称死者是当场死亡的。责难被告没有为了心跳停止的人打救援电话是不是有些不讲道理？

"将尸体弃于空地上，是为了隐藏案件，性质恶劣。"

——只是将尸体丢弃于空地上而并非埋在土里，这样也能算企图隐藏吗？丈夫住院，一个人的家中若是有具尸体，害怕得想要丢弃也是情有可原的吧。应该理解为恐惧所造成的行为才对……

我一味地防御，可总找不到反击的突破口。

经过我的独立调查，找到了被矢场要求以男女关系抵债的女性。只要她能够做我的证人，就能增强鹈川妙子被矢场强迫发生关系而反抗的可信度。可是她无论如何都不肯出庭做证。

此外，我传唤了一名被夺走珍藏的爱刀的老人。不过这个证人找得很失败。他只会用难听的言辞咒骂矢场英司，无法为矢场因一己私欲而放款做证。不仅如此，老人甚至还面向被告，说出"谢谢你杀了他"之类的话。

我能理解女性证人为何拒绝出庭，可当初要是能够得到她的证词，判决结果应该会不同吧。我至今仍然后悔不已。

结果，争议聚焦在了一点上。

昭和五十二年九月一日，鹈川妙子是否从一开始就打算杀害矢场英司，是故意杀人还是失手杀人？检方的主张缺乏决定性证据，被告方也无法明确否认故意杀人。不过，我有个绝招。

犯罪现场是鹈川家的客厅，检方提供了榻榻米的科学鉴定结果、背部有血迹的达摩像、坐垫，还有画轴。画轴的装裱部分，有几滴飞溅上的血滴。虽然血液触及空气后已经发黑，不过依然有种异样的崭新感。检方称，此血型与被害人吻合。

我没有放过这一机会，把胜利压在了向被告的发问上。当时的对话记录在案。

"那是一幅历史悠久的画轴吧？禅画，描绘的是达摩大师，"曾经没文化的我也懂得了这些知识，"不过，与绘画相比，装裱部分比较新。是你重新装裱的吗？"

鹈川妙子缓缓地抬起头，她的倦容已无从掩饰。

"不是的，听说是爷爷托人装裱的。"

"并非鹈川重治的爷爷，而是你的爷爷？"

"是的。"

"这是你从娘家继承的东西？"

"对。"

被告照实回答着，却奇怪地皱了一下眉。视野的角落里，检察官也面露难色。

"画轴平时一直都挂在壁龛上吗？"

"不，一般放在箱子里藏着。"

"如何打理呢？"

"一年会拿出来晒几次。"

"原来如此，你好像特别珍惜画轴，它是传家宝吗？"

被告果断地点头。

"是的，是传家宝。"

我咽了口口水，马上就是决胜点了。

"案件发生的九月一日，你把这幅画轴放在了哪里？"

"挂在壁龛上了。"

"为什么？"

"为了欢迎矢场先生，我想如果壁龛上空着的话不太好。"

"你是为了迎接客人才挂上画轴的？"

"是的。"

被告承认矢场向自己传达过来意。为了迎接矢场而做了些准备，这并不是不利的证词，反而是非常有利的证词。我又重复了一遍：

"看见非常珍贵的传家宝沾上了血迹，你怎么想？"

也许是发现了我的意图，检察官插嘴道：

"这个问题与本案有什么关系？"

这个男人声音真大。面对这种类似于威胁的大音量，我狠狠地怒视着他。法官从旁温和地问：

"检察官提出抗议？"

"是的。"

"怎么样，律师？"

我挺直了腰背回答：

"我想弄清楚案件发生当天被告是如何准备、如何迎接被害人的。"

"明白了，请继续。"

我稍稍施了一礼，重新面向被告。鹈川妙子用几乎听不见的声音回答了我的问题：

"对于先祖，我唯有歉意。"

听完答案，我发表了自己的意见：

"若是如检察官所述，被告一开始就心怀杀意的话，为什么会特地把传家宝从箱中取出挂在壁龛上呢？事实上，画轴的确沾上了血，搞不好甚至会由于矢场奋力抵抗而弄破。如果知道这里将成为凶案现场，被告一定不会把画轴给挂出来。所以本案并不是有计划的杀人案，正因为是无法预期的突发案件，画轴才会出现在那里。"

一审判决的结果，鹈川妙子的自我防卫并没有被全面认可。没有证据能证明矢场英司逼迫鹈川妙子发生男女关系，这一点我实在无能为力。不过被告也没有被扣上预谋犯罪的罪名。也就是说，目前情况对被告十分有利。至于画轴上的血迹是否起到了决定性的作用，判决书上并没有记载。

一审判决的刑期为八年，我更努力地开始着手准备二审。

可是鹈川妙子好像自暴自弃般取消了上诉。

那是听说鹈川重治死亡的当天。

六

昭和五十二年九月，听闻调布市杀人案的嫌疑犯是妙子，正在出差的我立刻胡乱抓了些行李从鹿岛赶回来，可妙子已经遭到了逮捕。

大致的情况我在路上从秘书那儿听说了，来到调布市警察局昏暗的谈话室里，见到了阔别四年的妙子，我不禁愤慨地说道：

"为什么不早点告诉我？在被捕之前，不，欠债的事情也可以和我商量呀！"

是拘留和审讯造成的疲惫，还是这四年来饱受生活之苦？妙子的脸颊比我记忆中消瘦多了。明明自己身处困境，可见到我，她眯起眼睛微笑着。

"好久不见，藤井先生。听说你自己开了家律师事务所，能够出人头地真好。"

"老板娘……"

毕业后的四年来，我简直生活在狂风怒涛中。经过司法实习后，在前辈的律师事务所里打打下手，边跑腿边学习了些基础业务。由于是大学期间通过司法考试的人，做得好与不好都特别引人注目。我和事务所里的人相处得不太好，本打算找下一家公司，不过很照顾我的一位前辈劝我"不如独立吧"。在他的帮助下，我开了自己的事务所。在拼搏的日子里，有时我会想起鹈川家，可由于一心忙于工作，除了每年一度的新年贺卡外，没有其他联系。

我连做梦也没想到，短短的四年，妙子会不得已杀人。明明应该可以帮到她的……我拼命忍耐着悔恨之情。妙子悄悄地移开视线，这个举动和我借宿的时候一样。

"藤井先生正在自己事业的发展期，不能因为我的事情而麻烦你。"

"说什么见外的话！我曾经受到你那么多照顾，怎么可能会觉得麻烦？从现在开始，所有可行的办法我都会试，你有什么希望我做的吗？"

到了这种时候，妙子依然顾虑着不肯开口。我不断大声对她说自己想要报恩，才终于从妙子嘴里听到了她的担忧：

"那么，能帮我问问我丈夫的身体状况和债务情况吗？"

我想说，比起这些你应当多担心担心自己。不过这既然是妙子的请求，我也无法拒绝。

我调动了这四年来的所有关系，两天后，交上了一份完美的答卷。不过，所有结果都无法令妙子安心。

鹈川家的生计——榻榻米店因债台高筑，一旦停业就会倒闭。土地和房屋早就成为银行的抵押品了，在妙子被捕无法还债的当下，据说马上将遭到竞拍。家当被回田商事冻结了，还有些被查封的钱财物品，不过我将之解封了。可是只凭家当无法还清回田商事的债务，哪怕被判缓刑，妙子也将失去房屋，背负债务。

重治躲到了浦安市的兄弟家。见到我，他吊儿郎当地一笑，重复说："听说你当上律师了，变厉害啦，多亏了我当年收留你吧？"完了就向我要钱。只听说他是肝硬化，为了得知准确的病情花了我不少时间。重治的医生是个认真的人，他拿保密义务作挡箭牌，死活不肯透露病情。最后我通过妙子的委托书，虽然没能获知病情，好歹问出了一句："请转告夫人，我会尽力的，不过时日可能不长了。"

虽然对妙子而言很残酷，但该传达的还是得传达。妙子用那段时期时常会浮现的茫然笑容回应道："知道了，我可以出庭了。"

不能把妙子托付给国家律师，因为很明显她没有支付能力。我坚持律师费的事以后再说，成了刑事被告人鹈川妙子的辩护律师。

审判于昭和五十四年十二月结束。

浦安市的医生联系我，说长年卧床的鹈川重治去世了。

那一天下着冰凉的雨，我参加了葬礼。

寂寥的仪式。没有任何朋友为重治而赶来，除了亲戚外，参加的人只有我而已。

亲戚也没有丝毫的悲伤之情，甚至明显为了摆脱麻烦而高兴。

"搞得倾家荡产，真好意思活到现在！"一名肥胖的女性肆无忌惮地使劲说，"要不是给他继承，调布的房子本应由我们平分。他竟然就这么把房子拱手让给了银行！要死就死得干脆点呢？临死都这么拖拖拉拉的！"

对话发生在葬礼上。她的丈夫终于责备起她：

"住嘴！这里还有外人。"

"不过，丧葬费竟然也让我们出，哪有这种道理？"

"还不住嘴！"然而，这名男性也忍不住加了一句，"和杀人犯结婚的事，也不能全怪重治吧？"

他大概知道我是妙子的辩护律师。

确实，鹈川重治不是个勤劳的人。毕业后我接触过各种类型的人，临终时如此凄惨的人应该不坏。生意做不好的男人、借钱花天酒地的男人比比皆是。他们并非都是这样死去的，看来重治果然是运气不好。

在只靠火盆取暖的寺庙里听着经文，我突然想起自己不知道他们是如何相识，又是为何结婚的。今后也没机会知道了吧。每个人都有意想不到的命运，如果追根究底的话未免太失礼了。

上香的时候，我在近处观察遗像。这应该是临死前为了葬礼而特地拍的照片。黑白照片中，鹈川重治很瘦，深深的黑眼圈包裹着的眼睛浑浊暗淡。我知道他还算健康时的样子，这张遗像实在是不堪入目。

从浦安市回来，我连丧服都没来得及换就向妙子传达了讣告。在八王子拘留所的谈话室里，妙子走进来，一见我的打扮，突然停下了脚步。她似乎明白了一切。坐下后，她问道：

"我丈夫去世了是吧？"

我默默地点头。

妙子俯首，遮住眼睛安静地哭泣着。布满铁格子的窗外，冬雨霏霏。其实在长时间的拘留中，妙子不停地担心着重治。每次见面她都会问"我丈夫怎么样了"，信中也会写"知道我丈夫的情况吗"。可是她最终也没能见到重治最后一面。

我感谢自己成为了律师。正因为不是普通的探望而是律师的接见，才能避免官吏的妨碍，给予妙子悲伤的时间。妙子没有发出任何声音，只是偶尔颤动肩膀不停流着泪。

过了许久，她忽然擦拭眼角，深深地向我鞠了一躬。

"你参加了我丈夫的葬礼吧？他以前对你是那么冷淡……我不知道该如何感谢你才好。"

"哪里哪里，我受了他许多照顾。"我毫不费劲地由衷说道，"他的亲戚帮忙举办了葬礼，墓地的地址我也记下了，"我降低音量，继续说，"如果你愿意的话，我可以代为办理领取保险金的手续。你丈夫的事我感到很遗憾，不过今后到处都需要用钱。"

"那就拜托你了，"妙子再度低下头，"我想使用这笔钱。很不好意思，我想请你先替我还清矢场先生公司的债务。剩下的钱就当作拖欠已久的律师费。"

律师费的事以后再说也不迟，我很赞成先还债。妙子杀人的原因是债务。还债是天经地义的事，而且这样一来也会令法官更相信自己。幸好，剩下的债款已经不多了，重治的保险金足够连本带息把债还清。

"知道了，我马上联系回田商事。"

听完，平时不太表露情绪的妙子很罕见地舒了口气。

"我想至少为他上炷香，不过以我现在的情况应该不容许吧。"

"关于此事……"我从包中取出文件，"在这样的日子里，还请允许我说一下今后的方案。再重复一遍，刑期上还有减少的余地，要是发现新证据，说不定能够改判为缓刑。"

马上就是上诉的第一次开庭日了，为了让妙子抱有希望，我如此鼓励她。

可是妙子缓缓地摇了摇头。

"已经可以了。"

"可以？"

"老师，已经可以了，我想取消上诉。"

我惊讶于这句意料之外的话，慌忙探出身子。

"不行！我明白你很失落，可是请冷静考虑一下。二审不像一审那么花时间，只要再努力一把，说不定你明年就能为丈夫扫墓了！"

我不懂。在一审中虽然妙子没怎么为自己辩护，可表现出了斗志。她向我诉说矢场的卑劣行迹，我才能得以展开辩论。当我劝她上诉的时候，她也毫不犹豫地说"拜托你了"。

"你只是一时迷茫罢了，稍稍冷静一段时间吧，我很快就会再来的。"

可是妙子固执地摇头。

"不，老师，请取消上诉，已经够了。"

我思索着个中原因，突然恍然大悟。

"因为你丈夫逝世了？你是想说早点出去也没意义吗？你为你丈夫已经做得够多了……"

我想起学生时代的那个黄昏时分。虽然你很重视重治，可重治并非如此。他感慨有你这样一个妻子是自己的不幸，你知道这事吗？

可是看见留在妙子脸颊上的泪痕，我什么也说不出口。

取消上诉后，妙子很快被关进了监狱。

八年刑期，漫长的岁月才开了个头。

七

合上文件。

从空调中吹出的暖风拨弄着纸张。椅子太旧了，去年我换上了一张皮椅。这十年来，多亏了大家肯定我的工作，律师事务所才能走上正轨。我结了婚，有了个女儿，在服装与食物上的品味变了，岁数也大了。

年轻的时候，如果说我对鹈川妙子没有憧憬那是假的。只要闭上眼睛，我现在还能回忆起第一次见面时身着剑翎花纹和服的她；结伴去达摩市时身着桔梗纹丝绸和服的她；还有身穿便服的她。可是这一切都已成过去。

我揉着睛明穴起身，再次来到窗边。从百叶窗的缝隙中看出去，路上依然不见鹈川妙子的身影。

我想帮她。凭着这个念头，我在法庭上全力奋战。然而在结案五年后，我才终于能够冷静地回顾那起案件。

在一审中，我强调案件具有突发性。被矢场英司逼迫发生男女关系的鹈川妙子使用为了切西瓜而放置于客厅的菜刀将其刺杀。这一切都是无法预料的，证据就是传家宝画轴上沾上了血。

可是，那尊达摩又是怎么回事？

作为犯罪现场是客厅的证据，检方提供的不止画轴，还有达摩像。达摩被摆在客厅的隔板上，我借宿的时候它也摆在那里。

就像画轴飞上血沫一样，达摩也沾上了血迹。然而那不是画上了一只眼睛的正面，而是背面。很难想象血会绕到接近于球形的达摩背后去，也就是说案发当晚，**达摩是背面朝外的**。

达摩是吉祥之物，使之背过身去可见情况并不寻常。

我见过一次鹈川妙子让达摩转身。当时我老家的汇款耽搁了，为了筹措给鹈川重治的租金，妙子将私房钱借给了我。当时，从隐蔽处取钱之前，妙子给达摩转了个身。

也就是说，她忌讳达摩的视线。

当我学习遇到瓶颈的时候，我也合上了家人的照片。总觉得家人的视线好像在责备没出息的我似的，令我不忍直视。即使是没有生命力的物品，视线也具有相当大的力量。

藏私房钱一般都是偷偷摸摸进行的，已经画上一只眼睛的达摩将看到她动用私房钱。她不愿意被看见，所以一开始打算找一样能够遮住眼睛的东西，因为找不到才让达摩转向别处。

如此这样想的话，不得了……

案发当晚，如果是妙子故意让达摩转身的话，**说明她预料到客厅将会发生必须掩人耳目的事情。**

如果的确发生了鹈川妙子预料到的事情，那应该就是杀人。如果妙子预料到矢场会强迫自己与他发生关系，准备接受才让达摩转身的话，那就不会发展成杀人了。

可是这一想法毫无逻辑。就像我在法庭上说的那样，即使杀了矢场，债务也不会消失，事实上，回田商事通过法院将鹈川家的财产都冻结了。而且剩下的欠款是用重治的保险还清的。杀害矢场一人根本毫无意义。

所以鹈川妙子的杀人不具计划性，只是一场意外。妙子坐牢的五年间，我一直如此告诫自己。

随着岁月的流逝，我的女儿学会了说话，学会了走路。一个休息日的午后，女儿跑到我跟前，将一块塑料积木递给我。

"爸爸，给。"

我笑逐颜开地问：

"怎么？是送给我的？"

然而女儿什么也没说，就颤颤巍巍地跑到妈妈那儿去了。我苦笑了一下，手握女儿的礼物读起了报纸。

不久，妻子说：

"好了，该整理玩具了。"

妻子和女儿好像在玩搭积木，两人将积木咔嗒咔嗒地收回箱子里。收拾得差不多的时候，妻子微笑着对我说：

"老公，把刚才女儿藏在你这儿的积木交出来哦。"

我再一次认真思考鹈川妙子案的契机就在积木一事上。

女儿把积木给我的意图并非是送给我。她知道妈妈马上就要收拾玩具了，所以为了留住那一小块而将之托付于我。这么小的女孩或许并没有计划得如此周全，可是她的行动中已经具备了这层含义。妻子发现了，所以马上夺走了积木，要是没有发现的话，女儿一定会前来向我摊开小小的手掌吧。

鹈川妙子的家产都被冻结了。所有物品将被拍卖，所得金额充抵回田商事的债务。不过我注意到，有一样东西没有被冻结。

那幅禅画的画轴。

画轴之所以能免遭冻结，是因为被国家取走了。**由于沾有血迹，作为杀人案的证据，画轴被法院扣住了。**

被害人矢场英司的品行我早有耳闻。他会为了一己私欲而放款，有时是自己心仪的女人，有时是想要的古董。我不也传唤过一名被夺走爱刀的老人上庭做证吗？那幅画轴是岛津大人赏赐的，诗文是大人亲笔写的。爱好古董的人一定会喜欢。矢场真正想从妙子那里得到的，莫非是那幅画轴？

所以并非是杀人导致画轴溅上血沫，而是为了溅上血沫才杀的人。

血液只沾在了装裱的部分上。换一个角度来看，其实血液没有沾在最关键的、最令妙子引以为傲的禅画上。挂在客厅的画轴，只有装裱部分碰巧溅上了血迹吗？还是说小心保护着禅画，以装裱为目标故意挥了挥带血的菜刀？如果是这样的话，应该拿一样平坦的东西遮挡禅画为妙。对了，沾有血迹的物证中还有一个坐垫。某天晚上，我漫不经心地将画轴的照片与坐垫的照片对比了一下——当了十年律师，我从未有过如此恐惧的经验——血迹犹如拼图般吻合。

我意识到鹈川妙子的初衷是保护传家宝之后，才理解了她取消上诉的原因。鹈川重治病死，妙子用他的保险金还清了债务。只要没有了债务就不怕画轴被夺走。

拖延审判、让法院保管画轴这一证物的理由也消失了。

我一边看着早春的街道，一边回忆。

鹈川妙子对我很亲切。我能够在大学期间通过司法考试，也是因为得到了她的全面帮助。她确实是我人生中的一位恩人。

然而妙子内心真正的想法呢？她一面向我展示画轴，一面说：

"我的先祖开设私塾，帮助地位低的武士，使他们出人头地。"

这个世上净是些不如意的事，如果能回到过去该多好——这才是她的心声吧？她帮助我学习，不正是在模仿被赐予禅画的先祖吗？在痛苦的日常生活中，她只有这样才能自我炫耀吧？

如果我的妻子也是这么想、这么做的话，或许我也会端着酒杯说：

"酒量好是件很不幸的事，有个能干的老婆更不幸。"

鹈川妙子还得继续依赖我，想拿回被检方扣留的证物没那么简单。要想表达希望归还证物的想法，还是借助律师的力量比较好。

憧憬已成往昔，审判结束了。无论鹈川妙子的罪孽与企图是什么，都已经过去了。

达摩祖师面壁修行九年，才终于开悟。

鹈川妙子经过五年的服刑，是否迎来了"满愿成就"？

在季节交替的街上，还不见她的身影。